Sibylle Mulot

Liebes-erklärungen

Roman

Diogenes

Umschlagillustration: René Gruau,
›Étude pour ‘International Textiles’‹, 1976
Copyright © René Gruau
Galerie Bartsch & Chariau,
München

Für Noor

150/94/8/1
ISBN 3 257 06002 5

Inhalt

Das glückliche Paar

Ein sechzigjähriger Produzent namens Paul erzählt die Geschichte von Mimi und Mimi

Andere Menschen schienen mir glücklich. Andere waren immer zu zweit. Aber eines Tages hörte ich eine Geschichte, die alles für mich veränderte. Sie war insofern merkwürdig, als sie ständig neue Geschichten erzeugte, wie der Glückspfennig, den man nie aus dem Geldbeutel nehmen soll. Die Geschichte lenkte mich ab und brachte mich mit Menschen zusammen, die noch unglücklicher waren als ich selbst. Es gibt nur eines, das den Traurigen fröhlich stimmt – erzähltes Unglück. Und nur eines ist schöner als der Wahn: Das sind die Geschichten über den Wahn.

Eines Abends begann ich, sie aufzuschreiben. In einer Zeit, da jeder seinen Sinn ausschließlich auf die bange Frage richtet: bin ich glücklich?, schien es mir wichtig, zu zeigen, daß nicht alle Rätsel gelöst werden können. Manche lösen sich von selbst, das ist wahr, aber für jedes gelöste Rätsel kommen zwei neue hinzu.

Es war während einer Sommerreise. Ich saß in einem Gastgarten unter Weinlaub an einem See. Die Sonne schien, der See war blau. Um mich herum redete man über Geld und berufliche Erfolge. Ich fing gerade an, mich in einen der Anwesenden zu verlieben, der unordentlicher aussah als die anderen. Seine Augen glänzten wie dunkle Bernsteine.

Da knirschte der Kies, und auf der Terrasse erschien eine Gruppe von Spastikern in Begleitung eines wunderschönen Mädchens. Sie kicherten, rückten mit den Stühlen und zogen alle Blicke auf sich. Das Grün der Blätter huschte in vielen Schattierungen über ihre Gesichter. Vielleicht hatte ich einfach zu lange hingesehen. Plötzlich erschien mir das wunderschöne Mädchen häßlich und ihre Schützlinge schön. Hinter jeder Verzerrung steckt ein Plan. Aber was ist schön? Ich hörte mich selbst fragen: »Kann man einen Verbrecher lieben?« An meinem Tisch wurde es daraufhin still.

Der Mann, der unordentlicher aussah als die anderen, drehte sich eine Zigarette. Die beiden Assistenten hielten in ihrem Streit inne. Und der Produzent, der seine dunkelhaarige Frau neben sich hatte (sie nannten sich gegenseitig »Mimi«), fing an zu lachen. Er sagte zu mir: »Nur unglückliche Menschen stellen solche Fragen. Ich werde Ihnen zur Ablenkung eine Geschichte erzählen, die *Geschichte von Mimi und Mimi*. Es ist unsere eigene. Vielleicht haben Sie Fragen. Unterbrechen Sie mich aber bitte nicht. Ich erlaube Ihnen abschließend eine einzige Frage, an jeden von uns. Ob Ihnen diese Geschichte weiterhilft, ist mir bis zu einem gewissen Grad egal.«

Nun, das war ehrlich. Dem Produzenten – er hieß übrigens Paul – war mein Wohlergehen ziemlich gleichgültig. In diesem Fall mußte ich ihm auch nicht dankbar sein. Am Tisch weiter weg begannen die Spastiker, einander auf täppische Art zu liebkosen.

»Passen Sie auf«, sagte der Produzent. »Ich lebte damals von meiner ersten Frau getrennt in Rom. Es war mir gelungen, nacheinander siebzehn Frauen zu verführen. An der Wand über meinem Telefon hing eine große Tabelle, eine Synopsis, auf der diese Frauen eingetragen waren. Ich hatte einen festen Stundenplan, der meine Treffen mit den siebzehn Geliebten koordinierte und für eine gewisse Verteilung sorgte. Keine wußte von den sechzehn anderen, aber alle lamentierten und fühlten sich ständig vernachlässigt. Mit neununddreißig Jahren war ich ein stadtbekannter Wüstling.

An meinem vierzigsten Geburtstag ging ich durch die Via Frattina. Ich dachte an meine vielen Geliebten, die mich alle zu Tränen langweilten. Sie hatten mich nur im ersten Augenblick fasziniert, als Beute, nicht als Person. Es waren liebenswürdige Frauen unter ihnen, aber wie sehr sie sich auch abmühten, keiner gelang es, bis zu meinem Inneren vorzudringen. Plötzlich sah ich in einiger Entfernung in der Via Frattina ein schönes Frauenpaar, Mutter und Tochter. Sie drehten mir halb den Rücken zu und betrachteten im Gehen die Schaufenster. Es gab mir einen Ruck. Diese Frauen haben Klasse, dachte ich. Ich folgte ihnen im Gewühl, bis sie in einem Schneidergeschäft verschwanden, und postierte mich vor dem Schaufenster.«

An diesem Punkt wurde Paul von seiner dunkelhaarigen Frau unterbrochen. Sie erzählte, was im Schneidergeschäft vorgegangen war. »Ein Schatten fiel in das Atelier mit den armlosen Puppen, und meine Mutter, die unwillkürlich zum Fenster geblickt hatte, sagte zu mir: ›Ich glaube, dieser Kerl folgt uns.‹ – Ich hatte den Kerl schon viel früher auf der

Straße bemerkt und fragte meine Mutter: ›Wen meinst du, Mama? Ich sehe niemanden.‹ Denn in diesem Augenblick hatte sich der Kerl wieder vom Fenster entfernt. Meine Mutter drehte sich mühsam noch einmal um, wie eine Statue in Stoff gehüllt und festgesteckt, sah niemanden mehr und glaubte an eine Täuschung. Als wir endlich aus dem Atelier auf die Straße traten, folgte uns der Kerl in großem Abstand. Ich war froh, aber meine Mutter ging schnell, und so verloren wir ihn im Gewühl.«

»Nach ein paar Tagen« – nahm der Produzent die Erzählung wieder auf – »geschah der unglaubliche Zufall, daß ich das junge Mädchen in Schulkleidung an einer Bushaltestelle stehen sah. Mit Zöpfen sah sie aus wie sechzehn, nicht wie achtzehn, wie zuvor in der Stadt. Sie stieg ein, ich drängte mich hinterher. Als ich nahe an sie herangekommen war, redete ich auf sie ein: ›Hör zu! Ich weiß nicht, wie du heißt und wie weit du fährst. Ich bin verheiratet und ein stadtbekannter Playboy. Ich glaube aber, daß ich die Auflösung meiner Ehe durchsetzen kann. Sag mir nur eins: ob du mich haben willst. Falls ja, sag, wie du heißt. Ich werde alles dransetzen, wieder frei zu sein, wir werden uns nicht sehen können, deine Eltern werden Schreckliches über mich erzählen. Aber wenn du mir vertraust, geht alles gut.‹ Darauf nannte mir das Mädchen lächelnd ihren Namen und fügte hinzu: ›Seien Sie vorsichtig. Mein Vater ist der Polizeipräsident.‹ Mit diesen Worten sprang sie ab.

Alles entwickelte sich zunächst viel undramatischer als gedacht, weil wir uns nach Schulschluß immer zur selben Zeit im Bus sehen konnten. Wir gaben uns die Hände und drängten uns aneinander. Dabei sprachen wir von der

Zukunft. Ein Bekannter entdeckte dieses Idyll. Im Haus des Polizeipräsidenten gab es einen Riesenkrach. Der Vater ließ seine Tochter von nun an in der Dienstlimousine zur Schule bringen und wieder abholen. Die restliche Zeit sperrte er sie zu Hause ein.«

»Es kam, wie Paul prophezeit hatte«, fuhr Mimi nach einer Weile fort. »Mein Vater brauchte wenig Zeit, um seine Identität herauszufinden. Er schickte ein Heer von Spitzeln hinter ihm her, untersuchte sein Vorleben, machte elf der siebzehn Geliebten ausfindig und pflegte mir nachmittags vorzulesen, was er Neues herausgefunden hatte. ›Und denk dran‹, sagte er jedesmal freundlich zu mir, während er im Zimmer auf und ab ging, ›dieser Mensch ist verheiratet!‹ – Ich lächelte herzlich zurück und sagte: ›Ja, Papa. Er ist mehr als doppelt so alt wie ich und außerdem verheiratet.‹ In meiner Rocktasche knisterte die neueste Botschaft meines Geliebten, worin er schrieb: ›Gib deinem Vater in allem recht. Er *hatte* recht, bis vor vierzehn Tagen. Ich habe mein Leben geändert. Sei freundlich zu ihm, ein klein wenig widerborstig, damit er nichts merkt.‹ Oder er schrieb: ›Wohin könnte er dich nach deinem Schulabschluß schicken? Mach mir eine Liste von *allen* Freunden und Verwandten, damit ich weiß, wo ich suchen muß.‹ Er hatte rund um unser Haus alles bestochen, was bestechlich war. Ich bekam meine Zettelchen, und er bekam regelmäßig Nachricht von mir.«

»In Rom«, ergriff der Produzent wieder das Wort, »galt ich auch als Atheist. Das stimmte gar nicht, ich war immer ein guter Katholik. Aber es brachte mich auf eine Idee. Mit großer Mühe überredete ich meine erste Frau, die von mir getrennt lebte, aber auf eine endgültige Trennung nicht besonders erpicht war, einen Prozeß beim Kirchengericht der Sacra Rota anzustrengen. Ziel war die Annullierung unserer Ehe. Der Grund: Ich war ein Atheist, ein Mensch ohne Glauben. Die Ehe war demnach ungültig. Es war außerordentlich mühsam, aber meine Frau sagte schließlich aus, was ich ihr eingetrichtert hatte: ›Schon als mein *Verlobter* war er Atheist und leugnete täglich Gott und alle Heiligen.‹ – Unsere Ehe wurde tatsächlich annulliert. Ich habe vergessen, was mich das gekostet hat.

Mimi, die inzwischen ihre Abschlußprüfung gemacht hatte, wurde nach Sardinien auf ein gutbewachtes Landgut verschifft. Sie verbrachte dort einen einsamen heißen Sommer. Im Oktober – die Nächte wurden langsam kühl – war mein Eheprozeß abgeschlossen. Ich stellte eine Entführungsmannschaft zusammen. Meine siebzehn Geliebten rebellierten. Ich hatte sie völlig vergessen, ihre Synopsis verstaubte. Sie belagerten meine Wohnung, bestürmten mich am Telefon, stießen vor der Haustür zusammen – es war schrecklich. Einige weinten und drohten mit Selbstmord. Nur vier von ihnen nahmen die Sache sportlich. Sie gründeten nach ihrer gegenseitigen Entdeckung einen Bridgeclub namens »IMP« – In Memoriam Paul. Endlich entführte ich Mimi so wie sie war, in Rock und Bluse, von ihrem Landgut. Den Hunden hatten wir in Rinderfett gebackene Badeschwämme vorgeworfen, an denen sie jämmerlich krepierten. Wir begaben uns in die nächste Dorfkapelle und ließen uns trauen. Danach läuteten wir die Besitzerin eines Kurzwarengeschäfts aus dem Nachmittagsschlaf und kauften zwei Nachthemden. Es waren lange weiße Nachthemden, und im Kragen trugen beide ein Schildchen mit der Aufschrift *Mimi*. Von daher unsere Kosenamen. – Das ist unsere Geschichte. Sie sehen, Verehrteste: Alles war ganz unwahrscheinlich. Aber wir sind uns begegnet und haben geheiratet und sind glücklich geworden. Haben Sie eine Frage?«

Oh, ich hatte eine Menge Fragen. Da saßen sie vor mir, Mimi, der Wüstling, und Mimi, die Tochter des Polizeipräsidenten, damals achtzehn, nun ungefähr vierzig und von großer Schönheit. Sie strahlte. Ich wußte, was ich sie fragen wollte: Haben Sie an seinen Absichten niemals gezweifelt? Woher wußten Sie, daß er Sie wirklich liebte und Sie ihn auch?

Es gelang mir, alles in einer Frage zusammenzufassen. Mimi sah mich an. Ihr Gesicht hatte etwas Weiches, Süßes. Wenn man achtzehn ist, sagte sie, wünscht man sich, daß es so sei, mit der Kraft einer unabgelenkten Seele. Es wundert einen in diesem Alter nicht, wenn ein Wunsch in Erfüllung geht.

»Jetzt zu Ihnen, Paul«, sagte ich. – Eigentlich hieß er ja auch Mimi. Was ich ihn fragen wollte, war: Sind Sie Ihrer Frau etwa die ganze Zeit über treu geblieben, als ehemaliger Wüstling mit siebzehn Geliebten? Ist so etwas überhaupt möglich?

Aber irgend etwas hinderte mich daran, und ich machte den Mund wieder zu. Nach einer Weile sagte ich: »Wer war die Unglücklichste unter Ihren siebzehn Geliebten, und was ist aus ihr geworden?«

Der Produzent war ziemlich verblüfft. »Ach«, sagte er, »das habe ich nicht erwartet. Ich wollte Ihnen beweisen, daß man einen Verbrecher lieben und glücklich werden kann. Und Sie wollen mir beweisen, daß in unserer Glücksgeschichte ein Nest von Unglücksgeschichten steckt, wie in der Büchse der Pandora.«

»Natürlich«, sagte ich, »denn das Böse, das Sie in die Welt gesetzt haben, muß ja irgendwo geblieben sein.«

Er dachte eine Weile nach und schüttelte den Kopf. »Die Unglücklichste von allen war Atala«, sagte er schließlich. »Sie ließ sich wegen mir scheiden und fiel ins Nichts. Aber was ist Unglück? Viele Menschen leiden darunter, daß ihnen überhaupt nie etwas zustößt. Ich habe so vielen Menschen Farbe ins Dasein gebracht, Unterhaltung, Bewegung! Es gibt Menschen, die den Dieb lieben, der sie bestiehlt – dankbar für jede Form von Kontakt.«

Paul war ein Zyniker, oder ein Heiliger, oder beides. Er sorgte dafür, daß ich aus dem Gastgarten mit einer Adresse nach Hause fuhr. Leider nicht mit derjenigen des Menschen, der soviel unordentlicher aussah als die anderen. Er war mit Paul, Mimi und mir an diesem Abend noch um den halben See gefahren. Er saß am Steuer, ich saß hinten. Unsere Blicke hatten sich verschiedentlich im Rückspiegel seines Autos gekreuzt. Seine Augen waren bernsteinfarben. Das war alles.

Aber ich hatte die Adresse von Atala.

Mit einer diamantenen Kugel

Atala erzählt ihre unglückliche Geschichte mit Paul

»Ich nenne ihn Paul«, sagte Atala, und ihre Augen verdunkelten sich wütend. »Ich habe gehört, daß er sich jetzt Mimi nennt, aber damals war er Paul, der Produzent. Ein schöner Mann. Verbrecher sehen niemals aus wie Verbrecher, sondern wie berühmte Schauspieler.

Ich hätte nie geglaubt, daß mich ein Mensch dermaßen hereinlegen könnte – verführen, sitzenlassen, ohne selbst zu büßen für das, was er anrichtete. Natürlich war ich im magischen Alter, das Alter war schuld, ich war an der Grenze. Nicht mehr jung genug, um etwas konzentriert zu verfolgen. Noch nicht alt genug, um auf etwas zu verzichten: Mitte Zwanzig, ein wahrhaft gräßliches Alter.

Wir hatten gerade erst geheiratet, Gabor und ich. Freunde bezeichneten unsere Ehe als Kinderehe. Manchmal, wenn ich nachts aufwachte, betrachtete ich den blonden Jungen, der im Bett neben mir lag, mit angehaltenem Atem. Im Schlaf hatte er einen drollig-blöden Gesichtsausdruck, bewegte schmatzend die Lippen, knurrte, wälzte sich und knetete das rosa Kopfkissen wie die Brust einer Amme. Morgens sprang er aus dem Bett, rannte voller Daseinsfreude ins Bad und hielt beim Rasieren lange Reden in den Spiegel.

Ich mochte dieses bombastische Geschwatze gern und vermißte es, wenn er schlechter Laune war oder auf Reisen. Bei der Hochzeit hatten wir uns versprochen, uns mit einer diamantenen Kugel zu erschießen, falls wir uns jemals untreu würden – aber die Wahrscheinlichkeit dieses Betrugs erschien uns so gering wie die Möglichkeit, eine diamantene Kugel zu finden und dann noch einen Revolver, aus dem man sie abfeuern konnte.

Nach nicht ganz einem Jahr begann etwas Ungreifbares uns zu bedrücken, eine Art Leere. Die Tage zogen sich hin. Der Hausmeister in unserem Haus hatte eine Tochter mit wundervoll blondem Haar – umbrisch blond mit krausen Strähnen. Gabor hatte herausgefunden, daß sie jeden Morgen um sieben das Haus verließ, und hatte sich angewöhnt, beim Klang ihrer Schritte aufzustehen und durch das Schlüsselloch hinauszuspähen. Ich merkte lange Zeit nichts davon und verfolgte meine eigenen Gespenster.

Eines Morgens kam Paul in unsere Agentur. In der Nacht davor hatte ich geträumt. Ich hatte geträumt, der Seniorchef dieser Agentur, die unter anderem für Pauls Filme warb, würde an einem Faden quer durch den Raum zu mir hingezogen. Das verstand ich nicht. Mit diesem älteren Herrn hatte ich eine rein verstandesmäßige Beziehung, wie ich glaubte. Aber der Faden verband unser Geschlecht. Paul sah so unschuldig aus, er kam von draußen. Ich wollte meine Traumliebe bekämpfen mit einem Flirt. Ein Flirt mit einem Kunden – eine höchst praktische Konstruktion, wie ich dummerweise fand.

Paul erzählte nachsichtig und witzig. Er berichtete hie und da von seiner gescheiterten Ehe, immer so, als habe er seine Fehler erkannt und wisse, wie er sie künftig vermeiden müsse, um bei der nächsten Beziehung das Glück seines Lebens zu machen. Seine Art war sehr schmeichelhaft. Zum Beispiel sagte er: ›Ja, ich muß eine selbständige Frau finden, eine kluge Frau, eine kreative Frau – ungefähr so wie Sie!‹ Erstaunlicherweise hatte er nicht die geringsten Hemmungen, solche Platitüden auszusprechen, vielleicht, weil er sich nicht vorstellen konnte, wie sehr solche Platitüden ein Gegenüber abstoßen. Vielleicht aber auch, weil er wußte, wie sehr Abstoßen fasziniert.

Dies alles amüsierte mich bis zu einem gewissen Grad. Ich war froh, den Traum auf diese Art vergessen zu können. Woran war Pauls Ehe eigentlich gescheitert? Nun, das war gar nicht leicht zu sagen, auch für Paul selbst nicht. Seine Frau schien geistig und seelisch von ihm sehr abhängig gewesen zu sein, hatte aber in andern Bereichen des Lebens Widerborstigkeit gezeigt. Sie ertrug seinen Beruf nicht, der ihn so oft außer Haus führte, und weigerte sich schließlich, überhaupt noch einen Haushalt zu führen. In wiederkehrenden Tobsuchtsanfällen beschimpfte sie sein ganzes Sein und Wesen, während er in milder Nachsicht nur darauf bestand, daß wenigstens die Grundnahrungsmittel zu Hause vorrätig waren – also Reis, Nudeln, Haferflocken und Kakao.

›Sagen Sie selbst‹, fragte Paul im Straßencafé mit einer treuherzigen Handbewegung, ›kann so was gutgehen? Nein! – Was ich brauche, ist eine kreative Frau – ohne Berührungsängste! Die sich nicht zu Hause einschließt und tobt.‹

Es ist eins der traurigsten Kapitel im Leben von uns

Frauen, daß wir immer nur von Weiberhelden verführt werden. Nichts ist schlimmer, als mitanzusehen, wie sich ein liebenswürdiger Mensch plötzlich in eine Don-Giovanni-Maschine verwandelt, wie sich seine Augen – gerade noch glänzend – stumpfsinnig verschleiern und nur noch Beute wahrnehmen. Paul war zum Glück *nicht* so. Er erweckte den Eindruck, er sei meist oberflächlich, aber im Kontakt mit mir gezwungen, den Ernst des Daseins anzuerkennen. Von seinen Reisen schickte er mir seltsame Postkarten. Ich erinnere mich an ein spiralförmiges Hotel neben einem Staudamm, es schwebte auf einer langen Betonstelze über Milliarden Kubikmetern von Wasser und wurde gern von Versicherungen für ihre Schulungen gebucht, irgendwo in den Alpen. Der Text dieser Karte war luftig, aber die Karte selbst signalisierte Bedrohung und Gefahr.

Weil Paul so ernsthaft wirkte, dachte ich manchmal, daß er vielleicht von seiner Frau nicht loskäme – so wie ich von Gabor nicht loskommen würde, falls wir uns aus irgendeinem Grund entschließen sollten, uns zu trennen. Meist hatten Männer auch Unterhaltspflichten gegenüber ihren Frauen – warum sollte das bei Paul anders sein?

Eines Abends in der Agentur beschlossen wir, alle noch in ein Lokal zu gehen, um ein bestimmtes Problem in Ruhe weiterzubesprechen. Paul schien mitkommen zu wollen, schien sich sogar zu freuen, warf mir aber furchtsame Blicke zu. Es stellte sich heraus, daß er seiner Exfrau Bescheid geben mußte, weil er sie nicht wie verabredet abholen konnte. Er setzte sich auf meinen Schreibtisch und wählte die Nummer – besetzt. Er wählte gleich noch einmal – besetzt. Er wartete fünf Minuten, blätterte in einem Prospekt und versuchte es noch einmal – besetzt. Inzwischen hatten sich alle erwartungsvoll und ausgehfertig um meinen Schreibtisch versammelt und machten alberne Bemerkungen. Nur ich nicht; ich wollte mit ihm solidarisch sein. Er probierte es noch einmal – immer noch besetzt. Unwillen bewölkte seine göttliche Stirn. Als edler, zivilisierter Mensch sagte er aber kein Wort. Er zündete sich eine Zigarette an und versuchte es ein letztes Mal.

Das Telefon am anderen Ende war besetzt.

Zu unser aller Erleichterung schien er nun seine Frau am anderen Ende einfach ihren Tratschereien überlassen zu wollen. Deutlich stritten sich in ihm die Gefühle. Das Ergebnis dieses Wettstreits war ein Halbsatz, den ich gierig in mich einsog. Er seufzte und murmelte in meine Richtung: ›Da es leider nicht *mein* Telefon ist…‹

Ach, Halbsätze! Hoffnungssätze! Ebensogut kann man Orakel werfen oder das Rascheln im Walde deuten! Nein, doch nicht ganz. Der Satz stammte schließlich von ihm selbst und war in meine Richtung gesprochen. *Mit meiner Frau habe ich nichts mehr zu schaffen,* hieß diese Botschaft. *Mein eigenes Telefon – ja, das wäre nicht so lange besetzt.* An diesem Abend verliebte ich mich in Paul. Oder war ich es schon? – Nach diesem Satz wurde es mir jedenfalls bewußt.

Noch war nichts passiert. Wir sahen uns ziemlich häufig, aber immer während der Arbeitszeit in der Agentur. Dann kam der Sommer. Unser Chef war in der angenehmen Lage, sein Unternehmen während der heißesten Zeit einfach für sechs Wochen zu schließen. Paul gab mir die

Nummer von seinem Büro und ermunterte mich, ihn anzurufen. Das war in den Ferien plötzlich schwierig geworden – fast unmöglich. Gabor arbeitete zu Hause, und ich mußte mir regelrechte Vorwände ausdenken, wollte ich mich weiterhin mit Paul treffen.

Immer nach dem Aufwachen gab es einen Ruck, eine lautlose Explosion – schon meldete sich der Gedanke an Paul. Jeden Morgen eilte dieser Gedanke treppauf, treppab durch lange weiße Treibhausgänge und landete schließlich in einem Zimmer hoch oben in einem Turm. Dort stand Paul und drehte sich langsam zu mir um – erwartungsvoll lächelnd und still.

An hundert kleinen Zeichen merkte Gabor, daß sich etwas verändert hatte. Ging ich in die Stadt, dann nie mehr, ohne mich zu schminken, zu parfümieren. Kam ich nach Hause, war ich erregt und gleichzeitig wie gelähmt. Es ist für einen Mitmenschen nicht leicht nachvollziehbar, warum der andere fünfzehnmal den Anfang von *Così fan tutte* hören muß und dabei träumerisch auf dem Fußboden liegt.

Eines Abends war im Auditorium der Akademie eine Diskussion angekündigt, über Filmförderung. Sollte ich hingehen? Oder lieber nicht? Diese Frage beschäftigte mich einen vollen Nachmittag. Falls ja, was sollte ich anziehen? Daß Paul hingehen würde, wußte ich. Wenn ich *auch* hinginge, könnte man dann nicht denken, ich ginge nur seinetwegen? *La mia Fiordiligi tradirmi non sa.* Opernarien sind schlechte Ratgeber. Aber mich brachten sie immerhin auf den Gedanken, erst hinzugehen, um gleich danach wieder wegzugehen. Es würde Pauls Sehnsucht steigern, meine eigene Sehnsucht stillen, und mein Gesicht blieb gewahrt.

Man geht hin, um ein Zeichen zu bekommen.

Meist paktiert die Gunst der Stunde mit den wahnsinnig Verliebten. Ich kam an diesem Abend zur Filmförderung zu spät. Aber die Traube der andern Zuspätkommenden vor der Saaltür hatte genau die richtige Dimension. Sie verbarg mich, solange ich ängstlich war. Als ich Mut gefaßt hatte, ließ sie mich durch.

Das Auditorium war dunkel und magisch erleuchtet. Filmbilder huschten vorbei wie Schatten. Ich wand mich durch die Zuschauertraube langsam in den Saal, beschützt von flackernder Dunkelheit. Nun stand ich vorne in der Türöffnung. Rechts lag der Saal, links die Bühne. Aufmerksam verfolgte ich die Figuren auf der Leinwand. Nach fünf Minuten warf ich einen vagen Blick auf die Sitzreihen. Hunderte von Menschen atmeten dort im Halbdunkel. Irgendwo unter ihnen saß Paul. Ich hoffte, daß er mich als Zaungast stehen sah und zur Kenntnis nahm, wie aufmerksam ich auf die Leinwand starrte.

Plötzlich im dunklen Auditorium ein Lichtschein. Ich wandte den Kopf. Was war das? Ein Scheinwerfer? Nein. Alles blieb farbenmatt und dunkel. Das tausendköpfige Monster saß und lauschte. Einige Zeit später kitzelte mich wieder etwas im Augenwinkel, wie Sonnenschein in einem Blendspiegel. Ich wandte den Kopf. Körperlich hell rieselte Licht über die Bänke, ein Wasserfall von Licht entsprang irgendwo dort oben in den Sitzreihen. Mein Blick tastete sich am Schein entlang. Am Ende dieser Quelle war Paul. Er hatte mich entdeckt. Sein Gesicht hatte angefangen zu strahlen. Vor Freude schickte er mir einen Sonnenstrahl in der Nacht – das Zeichen.

Zu Hause quälte ich mich durch die leeren Nachmittage. Unmöglich konnte ich Gabor, dem die Haare wie einem Küken vom Kopf standen, wegen einer Liebelei verlassen. Aber das wurde ja auch nicht von mir verlangt. Nein, Paul, dieser ernstdenkende Mensch, verlangte sicher alles nur im Sinn einer höheren Einheit. Ich träumte vom idealen Paar, das er mir vorgegaukelt hatte. Es rechtfertigte alles, jeden Betrug.

Die Übergabeverhandlungen gestalteten sich schwieriger als gedacht. Zunächst wollte ich bei Paul Mitleid wecken mit Gabor, dem fast schon Verlassenen. Davon wollte er nichts wissen. Er war hartherzig und kalt. Er sprach davon, daß ich sowieso frei werden müsse, unabhängig von allem, daß ich Gabors Despotie ohnehin eines Tages abschütteln müsse. Wir gingen bei diesen Gesprächen an einem schäumenden Wasser entlang, der Staustufe eines Elektrizitätswerks, das unsere Verhandlungen übertönte.

Zweitens... Aber es gab kein Zweitens mehr. Gabor entdeckte, daß ich *ihn betrog*. Er wußte nur nicht, mit wem. Hals über Kopf verließ ich die Wohnung mit einer Reisetasche, im Bewußtsein, nie zurückkehren zu können. Paul hatte ein kleines Hotel gefunden. In seiner eigenen Wohnung war es zu gefährlich, fand er. Gabor hätte bei einigem Nachdenken auf ihn kommen und uns dort einen Besuch abstatten können, in der Tasche einen Revolver mit der diamantenen Kugel. – Wir saßen im Restaurant dieses kleinen Hotels. Ich war traurig an jenem Abend. Wir hatten nicht einmal einen Tisch für uns, sondern teilten ihn mit einer Hochzeitsgesellschaft.

›Ah‹, sagte Paul lächelnd, ›nie wieder heiraten, welch ein Segen!‹ – Ich spürte die Reisetasche unter dem Tisch an meinem rechten Fuß. Wir warteten schon ziemlich lange auf das Essen. ›Frei sein‹, setzte Paul seine Betrachtungen fort. Er rieb sich die Hände, sah mich an und fragte: ›Verliebst du dich auch so oft? Ich verliebe mich ziemlich häufig.‹

Was war denn das? Ein kaltes Messer fuhr mir in die Rippen. Jeder Mensch verliebt sich im Leben ziemlich häufig, aber würde ich dies jemandem sagen, der gerade mit einer Reisetasche Mann und Haus verlassen hatte?

Es stellte sich heraus: Dies war nur der Anfang.

›Ich kann dir doch alles sagen?‹ erkundigte Paul sich höflich. ›Nichts ist schlimmer, als wenn man von vornherein Versteck spielen muß!‹

Das Messer machte eine Vierteldrehung. Paul erzählte mir nachsichtig und witzig, er habe zu seiner eigenen Überraschung neulich eine kleine Freundin aufgetan. Dies sei sonst nicht seine Art. Ein nettes, einfaches Mädchen, eine *Frohnatur*. Sie sei in größerer Runde beschwipst auf ihn zugekommen und habe ihm gesagt: ›Du, hol mir ein Glas Wasser!‹ Es stellte sich heraus, daß sie ihn in ihrer Beschwipstheit mit jemandem verwechselte *(Ich habe einen Doppelgänger, komisch, nicht?)*, weshalb sie ihm ganz unbefangen allerlei krauses Zeug vorgeschwatzt habe. Mit Mühe sei es ihm gelungen, sie wieder nüchtern zu machen. Erschrocken über ihren Irrtum, habe sie sich tausendmal entschuldigt, und er habe sie anderntags zum Essen eingeladen.

Die Hochzeitsgesellschaft jubelte. Die Gäste an unserem Tisch sprangen auf, um irgend etwas besser sehen zu können. Für mich war es eher ein Polterabend – einer, an dem das schöne neue Porzellan zu Bruch geht.

›Hast du dem Mädchen von uns erzählt?‹ wollte ich wissen.

›Natürlich‹, sagte Paul mit Wärme. ›Sie weinte. Und dann sagte sie: Das mußt du selbst wissen – was für dich gut ist.‹

Als Paul für kurze Zeit zum Telefon ging, hatte ich die Kraft, aufzustehen und mit der Reisetasche das Lokal zu verlassen. Aber nicht schnell genug: Paul holte mich an der nächsten Ecke ein. Ach, dieses Mädchen bedeute ihm nicht soviel, sagte er mit einer Handbewegung. Sie sei zu schlicht für ihn. Lieb und nett, ja. Aber ich sei doch viel richtiger.

In welchem Alptraum war ich aufgewacht? Ich konnte nicht mehr vor und nicht zurück. Plötzlich vermißte ich meine Bücher, die in der Wohnung bei Gabor geblieben waren. Wenn ich die Augen schloß, sah ich die Bücherwand genau vor mir; ich wußte, wo jedes einzelne Buch stand.

Am dritten Tag unserer gequälten Liebesversuche fand ich im Hotelschreibtisch den Entwurf eines Briefes. Paul schrieb darin seiner *Lieben Lisa*, eine plötzliche Reise habe ihn gezwungen, ›unsere Verabredung‹ platzen zu lassen. Er denke viel an sie und hoffe, sie in der nächsten Woche wiederzusehen. So sei er nun einmal! stand da – mit einem Ausrufezeichen.

Am vierten Tag gelang es mir, die Reisetasche zu packen.

Ich zog in eine Pension, bevor Paul etwas merkte. Ich mußte versuchen, in die Wohnung mit Gabor zurückzukehren, um die wichtigsten Sachen und Papiere zu holen. Allerdings wußte ich nicht, wie ich das machen sollte. In solchen Fällen gibt es ein klassisches Muster: man schickt die Freundin, als Emissärin.«

Atala schwieg. Ich fragte mich im stillen, ob sie eigentlich jemals erfahren hatte, daß sie zusammen mit der Frohnatur nur einen Ausschnitt aus Pauls Synopsis der *Siebzehn* bildete, die in seiner Wohnung über dem Telefon hing.

»Als meine Emissärin die Wohnung betrat«, fuhr Atala fort, »sah sie, daß Gabor alle Polstermöbel mit einem Jagdmesser aufgeschlitzt und alle Wolldecken zerschnitten hatte. Teilweise waren sie von der Reparatur schon wieder zurück und kunstgestopft. Aber man sah die Schnitte. Hätte er mich in den ersten Tagen erwischt, hätte er mich nicht mit der Diamantkugel erschossen, sondern mit seinem Speckmesser traktiert – eine weitere Enttäuschung. Freunde erzählten mir, er habe wie wild damit herumgefuchtelt und schließlich die Reifen seines eigenen Autos zerstochen. Eine merkwürdige Übersprungshandlung. Was ihn am meisten erbitterte, war, daß er nicht herausfinden konnte, *wer es war*.

Ich nahm die Wolldecken und meine Bücher, und wir reichten die Scheidung ein. Das eigenartige war, daß wir kaum etwas daraus lernten. Ich habe sofort versucht, diese Geschichte zu wiederholen, und auch Gabor hatte nichts Besseres zu tun, als eine neue Frau zu suchen und ihr bei der Hochzeit ewige Treue zu schwören. Ich habe gehört, daß er zwei Kinder hat. Er soll aber wieder geschieden sein.«

»Haben Sie noch Kontakt mit ihm?« fragte ich Atala.

Sie hob die Schultern. »Nein«, sagte sie. »Aber warum gehen Sie nicht selbst zu ihm und lassen sich alles erzählen? Es würde mich interessieren, was aus ihm geworden ist.«

In der Milchbar

Gabor hat Pauls Krankheit geerbt

Am Telefon klang Gabors Stimme merkwürdig jung. »Sie sind also Gabor?« fragte ich und nannte seinen Nachnamen. »Jaja«, sagte die junge weiche Stimme. Wie seltsam. Mehr als zwanzig Jahre waren vergangen, und der Besitzer dieser Stimme war noch immer ein Kind. Wir verabredeten uns in einer Milchbar. »Wie erkenne ich Sie?« wollte ich wissen. »Oh, ich bin blond«, sagte die Stimme, »ich habe blonde Locken.« Und die Haare stehen wie bei einem Küken vom Kopf, ergänzte ich stumm. Wir werden uns schon finden.

In dieser Milchbar war ich mit Abstand der älteste Gast. Ich saß da und überlegte, ob Gabor mich am Telefon hereingelegt und nie die Absicht gehabt hatte zu erscheinen. Was tat ein Mann von Ende Vierzig in einer Milchbar für Schüler?

Ein trübsinniger junger Mann kam zur Tür herein, der stark hinkte. Er trug einen Regenmantel, war blond und vielleicht zwanzig Jahre alt. Zielsicher kam er auf mich zu. Ich sah, daß er sehr dick war. »Ich bin Gabor«, sagte er zu meiner maßlosen Verblüffung. »Was ist los? Sie wollten doch meine Geschichte hören.« Er hatte sich kaum gesetzt, als die Bedienung schon einen Erdbeerflip vor ihm abstellte. Kein Zweifel, in dieser Milchbar war er Stammgast – Gabor junior.

»Natürlich«, sagte ich nach der ersten Überraschung. »Natürlich will ich deine Geschichte hören. Erzähl sie mir von Anfang an. Soviel ich weiß, war dein Vater, bevor er deine Mutter kennenlernte, schon einmal verheiratet. Seine erste Frau hat einen sonderbaren Namen: Atala.«

»Kann sein«, sagte Gabor junior finster. »Wissen Sie, was das Problem ist? Ich habe keine Lust, Abitur zu machen. Ich möchte weg. Vor allem von meinem Vater. Immer schnappt er mir alle Frauen weg. Glauben Sie nur nicht, daß Sie aus meinem Vater irgend etwas herausbekommen. Wenn er den Mund aufmacht, dann nur, um eine Frau zu verführen. In Korfu letzten Sommer am Strand hat er mir zwei Linzerinnen weggeschnappt, die ich beinahe soweit hatte. Er muß nur den Mund aufmachen, und alle Welt ist bezaubert. Vielleicht, weil er mit seinen Worten nichts sagt. Und ich, ich habe niemanden. Wenn es so weitergeht, bringe ich mich um.«

»Du erzählst mir einfach die ganze Geschichte von Anfang an«, sagte ich beruhigend und legte die Hand auf seinen Arm. »Soweit du dich erinnerst. Die Vorgeschichte lassen wir ruhen.«

»An meine Mutter kann ich mich noch gut erinnern«, sagte Gabor junior und vertilgte einen Banana-Split. »Sie war immer fröhlich und kochte gern. Auf Fotografien lacht sie. Sie war meinem Vater sehr zugetan, und er ihr auch. Sie war blond, wie ich, und hatte Naturlocken. Mit Vornamen hieß sie Lisa. Die beiden hatten geheiratet, erzählten sie uns, um uns auf die Welt zu bringen, mich und meine Schwester Alice. Sie hatten sich bei der Hochzeit ewige Treue geschworen, und ich glaube, daß sie sich auch treu blieben. Jedenfalls waren sie immer zusammen. Es gab nie Streit. Mein Vater besaß ein Wochenendhaus auf dem Land, und wir fuhren in den Ferien immer hin. Ich habe herrliche Erinnerungen daran. Mein Vater baute kleine Wasserräder für uns, und meine Mutter machte für uns Picknick im Wald.

Eines Tages, ich war gerade zehn geworden und meine Schwester sieben, verlor mein Vater auf trockener Straße die Herrschaft über den Wagen und raste mit uns gegen einen Baum. Ich weiß nicht, woran er gedacht hat. Er hatte manchmal Absencen, und diese dauerte vielleicht zu lange. Wir waren alle verletzt, aber meine Mutter, die auf dem Beifahrersitz saß, starb auf dem Weg ins Krankenhaus. Es war grauenhaft. Ich wußte es damals noch nicht, aber nach diesem Tag war nichts mehr so wie vorher.

Alice und ich wurden auf unsere Großmütter verteilt. Das hieß, wir sahen uns kaum noch. Mein Vater sagte zu mir: ›Aber ihr habt in letzter Zeit sowieso nicht mehr zusammen gespielt, es ist also nicht so schlimm.‹ Mich schickte er zu seiner eigenen Mutter, von der er immer behauptete, sie sei dumm. Nun war sie plötzlich nicht mehr dumm, sondern klug genug, um mich zu erziehen. Erwachsene sind der Widerspruch in Person. Manchmal wache ich auf, weil ich im Traum laut geschrieen habe. Sie kennen das vielleicht – man schreit aus Leibeskräften, so laut, daß es den Traum eigentlich sprengen müßte, aber man schreit nicht wirklich, sondern träumt es nur. Bei mir ist es immer ein wütender, haßerfüllter Schrei. Er heißt *Warum bist du so dumm.*

Mein Vater veränderte sich nach dem Tod meiner Mutter. Am Anfang behielt er noch eine gewisse Disziplin bei. Er kam um vier aus dem Büro, trank irgendwo schnell einen Kaffee und holte erst mich und dann meine Schwester ab. Damals schliefen wir wenigstens noch zu Hause. Mit der Zeit wurden diese Kaffeepausen immer länger. Er blieb zwei, drei Stunden weg und trank auch keinen Kaffee mehr, sondern aß Gulasch und Würstel und trank dazu Bier. Er redete sich ein, die Beziehung mit meiner Mutter sei doch schon mehr oder weniger zu Ende gewesen. Ich schwöre Ihnen, daß ich einmal durch den Türspalt gehört habe, wie er zu jemandem sagte: *In gewisser Weise war sie ja doch schon festgefahren*. Festgefahren! Wie konnte er dieses Wort verwenden, nachdem er sie totgefahren hat. Ach, er wurde einfach nicht damit fertig. Das weiß ich heute. Aber damals haßte ich ihn dafür.

Dann kam das große Glück. Mein Vater lernte eine Frau kennen, die angeblich viel besser zu ihm paßte als unsere Mutter – behauptete er. Es ist so: Neun von zehn Menschen versuchen, einen Menschen möglichst rasch zu ersetzen, ein Gefühl zu wiederholen, anstatt zu sagen: Dies wird es für mich nie mehr geben, es ist vorbei. – Wenigstens wir Kinder blieben treu. Wir machten der neuen Frau das Leben zur Hölle. Sie war wirklich sehr schön, gescheit, elegant, eine Karriere-Juristin. Eine Zeitschrift wählte die beiden zum Paar des Jahres. Sie heirateten und mieteten eine größere Wohnung in einem feinen Viertel. Wir zogen zu ihnen, meine Schwester und ich. Aus irgendeinem Grund gab mein Vater aber seine alte Wohnung nicht auf, und er tat gut daran. Nach nur sechs Monaten waren die beiden schon wieder geschieden. Ihre erbitterten Kämpfe träufelten Balsam auf unsere Kinderherzen. Die Dame paßte leider doch nicht besser zu ihm als meine Mutter. Dies zu wissen war eine große Beruhigung. Wir wurden wieder auf die Großmütter verteilt.

Mein Vater ärgerte sich, daß er sie überhaupt geheiratet hatte, obwohl sie – diese Person – ›den Willen zur Ehe‹ nicht gehabt habe, wie er sagte. Von nun an veränderte sich sein Leben total. Er teilte es auf die Minute ein. Unmittelbar nach dem Büro besuchte er mich, das heißt, er kontrollierte meine Hausaufgaben, dann die meiner Schwester. Dann hetzte er nach Hause, zog sich um und ging in Gesellschaft. Meist blieb er weg bis nachts um drei. Ich weiß es, weil ich manchmal nachts bei ihm anrufe. Er hat eine Freundin, eine Art Hauptfrau, die aber nicht immer Zeit für ihn hat, denn sie studiert Medizin und hat zwei Kinder, und dann zirka sechs Nebenfrauen. Die Nebenfrauen wissen nichts voneinander. Das spricht eigentlich gegen ihre Intelligenz, finden Sie nicht?

Ständig kommen neue hinzu. Es soll so weit gehen, daß mein Vater eine Frau verführen möchte, die auch von ihm verführt werden will. Faktisch hat er aber so wenig Zeit, daß er sie auf eine Warteliste setzen muß! Es ist immer dasselbe: Scheinbar absichtslos nähert er sich einer Frau, beobachtet sie eine Weile – und irgendwann sagt er zu ihr den Satz: *Ich hasse dumme Frauen, Sie auch?* Und darauf fallen diese Frauen unmittelbar herein. Ich habe in all den Jahren nur eine einzige Frau getroffen, die nicht darauf hereingefallen ist. Eine großartige Frau. Sie war auf geheimnisvolle Weise immun gegen ihn. Sie arbeitet im Theatermuseum. Ich habe mich lange mit ihr unterhalten. Ich glaube, sie fiel deshalb nicht auf ihn herein, weil sie eine Schwäche für mich entwickelt hatte. Halten Sie das für möglich? Vom Alter her könnte sie meine Mutter sein, aber das sagt wenig. Würden Sie mir den Gefallen tun und zu dieser Frau gehen? Ich möchte gerne wissen, was sie über mich denkt.«

»Der Mensch im Alltag ist das größte Rätsel«, sagte ich diplomatisch. Ich konnte mich nicht enthalten zu denken, daß Pauls Krankheit auch auf Gabor übergegangen war. Als wäre das Böse ansteckend.

Modell Troika

Olinda erzählt von ihrem Kampf gegen Gabor und jede Form der unglücklichen Liebe

Ich gehe also ins Theatermuseum und finde eine reizende Frau, strahlend, klug und freundlich – Olinda.

»Gabor junior bewundert Sie und läßt Sie grüßen«, sagte ich zu Olinda. »Ich glaube, er hält Sie für eines der sieben Weltwunder.«

»Und für welches? Ich bringe sie niemals alle zusammen«, antwortete sie. »Den Koloß von Rhodos vielleicht? Die Hängenden Gärten? Das Mausoleum in Halikarnaß?«

»Es gibt auch schmeichelhafte Weltwunder«, wandte ich ein. »Die Pyramiden zum Beispiel, oder den Tempel der Diana. Aber für den armen Jungen sind Sie *Die Frau, die meinem Vater widerstand*. Ich würde gerne wissen, warum.«

»Aufgrund von Information und Erfahrung«, sagte Olinda bescheiden. »Aber ich bin längst nicht mehr die einzige. Sein Stern scheint im Sinken. Eine Masche nutzt sich ab, und der Mann wird auch älter, müssen Sie bedenken. – Wenn Sie es wirklich wissen wollen, muß ich meine Geschichte von Anfang an erzählen. Es ist die Erfahrung, die mich den Widerstand gelehrt hat.

Ich heiratete als Studentin, und zwar den jungen Ingenieur Moritz. Seine Eltern waren darüber hocherfreut. Sie waren fromm und recht wohlhabend. Wir führten vielleicht keine *ganz tolle* Ehe, aber doch eine gute. So jedenfalls dachte ich. Schon nach einem Jahr war unser kleiner Sohn da, und dieses Söhnchen war noch kein halbes Jahr alt, als ich eines Tages auf dem Schreibtisch meines Mannes ein pornographisches Tagebuch fand. *Auf* dem Schreibtisch, wohlgemerkt. Es lag da, als ob ich es finden sollte.

Mein Mann beschrieb darin in lobendem Ton einzelne Körperteile einer gewissen Lina, und was man mit diesen Körperteilen alles anfangen konnte. Am Datum konnte ich sehen, daß er sie während seiner Dienstreisen traf. Ich bekam aber nicht heraus, in welcher Stadt. Erst viel später erfuhr ich, daß es sich um eine Dame in Dresden handelte. Bedauerlicherweise war mein Mann, als ich sein Tagebuch fand, gerade zu seinen Eltern aufs Land gefahren, um mit ihnen Ostern zu feiern, ich konnte ihn also nicht zur Rede stellen. Kurz entschlossen steckte ich das Tagebuch ein, nahm unser Söhnchen und fuhr ebenfalls aufs Land hinaus in der erklärten Absicht, ihm vor seinen Eltern eine schreckliche Szene zu machen.

Als ich durch die Terrassentür ins Eßzimmer trat, den Sohn auf dem Arm und in der Hand die grünkarierte Agenda, bot sich mir ein seltsames Bild. Die ganze Familie und auch mein Mann knieten halb unter dem Eßtisch und beteten. Auf der Anrichte stand ein Kofferradio. Aus diesem Kofferradio erteilte der Papst soeben seinen Segen – *urbi et orbi*. Das einfache Tischgebet war meinen frommen Schwiegereltern an diesem hohen Feiertag zu wenig erschienen, daher hatten sie sich irgendwie zwischen den Eßzimmerstühlen niedergeworfen.

Als mein armer Mann sein Tagebuch in meiner Hand entdeckte, fing er an zu zittern. Wollte er nun die Entdeckung oder wollte er sie nicht? Ich wurde unsicher, und an diesem Tag tat er mir zum letztenmal leid. Wir fuhren ohne Skandal wieder nach Hause, und in unsrer Wohnung angekommen, eröffnete er mir, wobei er hastig im Zimmer auf und ab ging, er habe während seinen Reisen eine Frau kennengelernt, die wolle er heiraten.

An die nun folgende Szene erinnere ich mich doppelt. In der einen Version sitze ich graziös in der Sofaecke, schlage ein schwarzbestrumpftes Bein über das andere und sage maliziös wie in einer Boulevard-Komödie: *Aber, mein Lieber, du bist bereits verheiratet, und zwar mit mir!* – In der anderen Version fange ich an zu schreien und um mich zu schlagen und finde mich schließlich auf dem Teppich unter dem Couchtisch wieder. Ich fürchte, die zweite Version war die wirkliche.

Es stellte sich heraus, daß Moritz nicht nur wild entschlossen war, seine Sächsin zu heiraten, sondern interessanterweise auch wild entschlossen *blieb* – gegen alle Widerstände, auch gegen das unglaubliche Geschrei, das seine Eltern vollführten, als er ihnen die Nachricht überbrachte. Meine Eltern blieben ruhig und nahmen einen guten Rechtsanwalt für mich. Ich selbst beschäftigte mich Tag und Nacht mit der Frage: Was hat diese Frau, daß sie in meinem Mann eine derartige Entschlossenheit wachruft? Was hat sie, das ich nicht habe – die Körperteile? *Wie* war sie? Ich dachte die ganze Zeit, sie müsse eben unglaublich schön sein. Die Schönheit einer anderen als eigenes Verhängnis anzuerkennen ist nicht einmal so schwer.

Hinter den sieben Bergen, bei den sieben Zwergen, da wohnt Schneewittchen, die ist noch tausendmal schöner als Ihr. Wir haben Schönheit so oft in der Werbung gesehen, daß sie uns trivial erscheint, wirksam und platt, ohne Geheimnis.

Aber als diese Lina nach endlosem Hin und Her aus Dresden übersiedeln konnte, zeigte sich, daß es bestimmt nicht ihre Schönheit gewesen war. Lina war unscheinbar und ziemlich ordinär. Als sie hier ankam, wollte sie gleich ein Auto haben, einen Farbfernseher und ein Videogerät. Vielleicht ist es das, was Männer gerne von sich hergeben.

Der Rechtsanwalt meiner Eltern hatte dafür gesorgt, daß ich in der ersten Zeit keine Geldprobleme hatte. In seiner wilden Sucht, diese andere Frau zu heiraten, war mein Mann auf alles eingegangen. Er hatte sich verpflichtet, mein Studium bis zu einem fernen Abschluß zu finanzieren, die Wohnung konnte ich behalten, die Möbel auch, und selbstverständlich meinen Sohn. Ich erinnere mich an den Tag, als ich mich mit völlig verquollenen Augen an meine Dissertation setzte. Mir scheint, ich habe lange geweint. Mein Sohn konnte schon sprechen, als ich damit aufhörte, und einige Zeit später sagte er noch jedesmal, wenn ich zu einem Taschentuch griff: Mama, mußt du heulen?

Aber Mama weinte nicht mehr. Mama machte sich jetzt selbst auf die Suche und wurde alsbald fündig. Im Oberseminar über ›Erfahrung und Ekstase‹ traf sie einen Dozenten. Es war ein zerbrechlicher, feinsinniger Mann, der soeben seine Frau und seine fünf Kinder verlassen hatte. Warum? Vielleicht, weil er eigentlich gar keine Kinder wollte? Es hieß, seine Frau sei so stark und vital, daß sie sich und ihre fünf Kinder mühelos alleine durchbringen könne, was auch nicht jede Frau von sich behaupten kann. Mit ihrer Vitalität habe sie den zarten Dozenten Stefan dermaßen gequält, daß er eines Nachts all seine Bücher die Treppen hinunterschleppte und in der Telefonzelle vor dem Haus aufstapelte. Teils weil er einen Umzug offenbar herbeisehnte, teils weil er die Bücher loswerden wollte. Es hieß, die meisten Bände seien in weniger als drei Tagen aus der Telefonzelle verschwunden, wobei ein paar Bücher, darunter seine eigenen, als schwer vermittelbar wochenlang drin stehenblieben.

Dieser Mann kam mir gerade recht. Ich verliebte mich wahnsinnig in ihn. Und er sich in mich. Wir fuhren zusammen nach Florenz. Aber unsere Reise ähnelte einem Stationendrama. Nach kurzer Zeit hätte ich ihn vor Wut fast unter der Dusche ermordet. So feurig er sich am Anfang der Reise gebärdete, so beleidigend lahm zeigte er sich bereits am dritten Tag. Nein, lahm ist der falsche Ausdruck. Er erkaltete. Er ließ mich nicht mehr an sich heran. Es war, als mache er methodisch alle Fensterläden zu. Alles, was er noch aufrechterhielt, war eine Art Beziehungsnotdienst – wir waren gemeinsam verreist, und er war konservativ genug, um gemeinsam zurückkehren zu wollen, sich dann aber höflich von mir zu verabschieden.

Ach!« sagte Olinda und schaute mich aus großen blauen Augen an. »Was ist schlimmer? Dieses plötzliche Erkalten – oder daß man das Objekt seiner Sehnsucht gar nicht erst bekommen hat?

Gut!« fuhr sie nach einer Weile fort. »Es ist durchaus

nicht einfach, einen Mann zu schlagen. Meist haben sie längere Arme, damit halten sie einen fest. Nach vier Tagen erzählte mir Stefan die Wahrheit. Er hatte, kurz bevor er mich kennenlernte, ein Auge auf ein anderes Mädchen geworfen – er war ja nun wieder frei – und war während unserer Reise zur Überzeugung gekommen, das andere Mädchen passe besser zu ihm. Mindestens wolle er dieses Mädchen, wie er sagte, auch einmal ausprobieren. Wahrscheinlich saß sie schon die ganze Zeit zu Hause und verzehrte sich nach ihm. Ich war wütend. So sehr, daß ich mir einen Plan ausdachte. Ich wollte nie mehr auf einen Mann allein hereinfallen, der mir dann nach einiger Zeit eröffnete, er habe jemanden gefunden, der möglicherweise besser zu ihm passe. Für diesen Fall wollte ich immer mindestens zwei Männer in Reserve haben, oder besser gesagt, ich wollte meine Energie von vornherein auf drei Männer verteilen, statt sie auf einen einzigen zu konzentrieren. Das war sehr männerfreundlich von mir gedacht, denn offenbar wollte ja auch niemand meine konzentrierte Liebe ganz allein. Kurzum, ich erfand das Modell der Troika.

Die Gelegenheit dazu ergab sich verblüffend schnell. An meinem Arbeitsplatz machte mir ein älterer verheirateter Mann den Hof – das war gewissermaßen der Vater in meinem Gespann. In meiner Verwandtschaft machte mir seit längerer Zeit der Mann einer Kusine schöne Augen – das war der Bruder oder Gatte. Und schließlich fand sich noch der Sportlehrer meines Sohnes dazu, ein jungenhafter Typ – das Kind. Die drei Männer wußten lange Zeit nichts voneinander. Sie waren mit meiner knappen Zeiteinteilung vollkommen zufrieden. Die beiden Verheirateten hätten ohnehin kaum mehr Zeit aufbringen können als höchstens einmal in der Woche, und der Sportlehrer hatte sein Motorrad und seine Hobbies und außerdem einen starken Freiheitsdrang.

Es gab Zeiten, in denen ich mir täglich zu meinem gelungenen Plan gratulierte. Die Troika bewährte sich hundertfach. Nicht auszudenken, wenn ich zum Beispiel nur den älteren väterlichen Freund gehabt hätte. Seine Frau war krank. Er hatte wenig Zeit. Er hing an mir, wäre auf meine Erpressungsversuche wohl ein Stück weit eingegangen, ohne seine Frau allerdings jemals zu verlassen oder auch nur zu vernachlässigen – es wäre eine Quelle von Elend für uns beide geworden. Desgleichen der Mann meiner Kusine. Ich fand ihn sehr attraktiv. Ohne meine beiden Schutzengel hätte ich mich hemmungslos auch in ihn verliebt und hätte ihn für mich alleine haben wollen. Meine freien Abende hätte ich vertrauert. So aber war die Einteilung für mich sehr schmeichelhaft, denn alle Männer wollten mindestens theoretisch mehr Zeit mit mir verbringen als ich mit ihnen. Jedenfalls sagten sie das.

In dieser Zeit lernte ich Gabor kennen. Gabor senior natürlich. Es war bei der Eröffnung einer Ausstellung hier im Theatermuseum. Meine Freundin Anna kam mit ihm und stellte ihn mir vor. Er erinnerte mich sofort an den attraktiven Mann meiner Kusine. Ich weiß noch, daß ich dachte: Was für ein attraktiver Mann. So einer ist natürlich verheiratet. Aber ich könnte ihn meiner Troika einverleiben. Dann wäre es eine Quadriga.

Gabor stand da in seinem dunklen Anzug und drehte versonnen ein Sektglas in der Hand. In der Nähe gackerten ein paar Frauen Begrüßungsfloskeln und umarmten sich. ›Ich hasse dumme Frauen‹, sagte er und schaute mich von oben bis unten an. ›Sie auch?‹ Was sollte ich darauf sagen? ›Na ja‹, gab ich zur Antwort, ›eigentlich hasse ich dumme Männer. Und Sie?‹

Gabor hob anerkennend die Augenbrauen. Vielleicht hatte er diese Antwort noch nie gehört. Dann schaute er wieder im Ausstellungsraum herum, wies auf meine Freundin Anna, die in einer Ecke mit Bekannten plauderte, und sagte schmerzerfüllt: ›Da sehen Sie. Ihre Freundin hat ein großes Herz.‹ Noch so ein Satz. Was sollte ich darauf sagen? ›Wollen Sie damit andeuten‹, fragte ich, ›daß Sie selbst ein treuer, zuverlässiger Mensch sind, viel treuer und zuverlässiger als alle anderen? Dem man blind vertrauen muß? Was macht denn Ihre Frau heute abend?‹ Gabor hob die Augenbrauen und sagte triumphierend: ›Ich bin geschieden.‹

Das machte ihn für mich und meine Troika sofort gefährlich. Immerzu sehnen wir uns nach diesem einen richtigen Mann, der ganz frei für uns ist – auch wenn wir sonst ein ausgefülltes Leben haben. Aber vorsichtig, wie ich war, beschloß ich, mir erst von Anna alles erzählen zu lassen. Anna kannte ihn, Anna konnte mich warnen. Gabor wollte mich am nächsten Tag zum Mittagessen einladen. ›Morgen nicht‹, sagte ich. ›Nächste Woche vielleicht.‹ – ›Sieh an, sieh an‹, replizierte Gabor geringschätzig. ›Eine vielbeschäftigte Frau.‹ ›Das auch‹, sagte ich, ›aber wer garantiert mir, daß Sie nicht zu den dummen Männern gehören?‹

Ich hätte ebensogut Öl ins Feuer gießen können. Von nun an war Gabor hinter mir her. Ich ließ ihn zappeln.«

Plötzliches Erkalten

Olindas Freundin Anna erzählt, wie sie versuchte, Gabor mit der Erzählung einer unglücklichen Liebe schachmatt zu setzen

»Ich ließ ihn«, nahm Olinda den Faden wieder auf, »eine ganze Woche lang zappeln. In der Zwischenzeit erzählte Anna mir ihre Geschichte. Sie war ein schon älteres Gabor-Opfer, ihre Verführung lag einige Zeit zurück, und es tat ihr wohl, über diesen, wie sie es nannte, ›dunklen Punkt in ihrem Leben‹ zu sprechen.« Anna brauchte für ihre Geschichte eine ganze Nacht.

»Du kennst mich«, begann sie, »normalerweise habe ich Grundsätze. Deshalb ist es mir besonders peinlich, wenn ich dir sagen soll, mit welchem Satz Gabor mich herumgekriegt hat. Er sagte nämlich: ›Ich habe eine Freundin, aber ich möchte lieber mit Ihnen schlafen.‹

Dies ist der krasseste Satz, den man sich vorstellen kann. Ich war sprachlos. Normalerweise fällt mir immer schon am nächsten Tag ein, was ich hätte antworten müssen, aber auf diesen Satz weiß ich bis heute keine Antwort. Ich saß von Anfang an wie die Maus in der Falle. Gabor sah, welchen Eindruck er auf mich machte, und schlug vor, bei ihm in der Nähe vegetarisch zu essen, im Hotel Atlanta.

Ich ging mit. Essen war nichts Böses. Wir taten, als hätte er den bewußten Satz gar nicht gesagt. Aber wenn er ihn nicht gesagt hätte, wäre ich gar nicht mitgegangen… Ich meine, auf jeden schwächeren Satz hin hätte ich ihn ohne Probleme abblitzen lassen. Aber dieser Satz... Er ging mir nicht mehr aus dem Kopf.

Beim Essen war er ausgesprochen höflich und sagte nichts Verletzendes. Ich erinnere mich, wie er betonte, dumme Frauen seien ihm ein Greuel, und jemand wie ich wäre genau die Richtige für ihn. Er fragte auch nach meiner Arbeit, und ich faßte allmählich Zutrauen. Bei der Spargelvorspeise fragte ich ihn, ob ich ihm eine sonderbare Geschichte erzählen dürfe, auf die ich mir keinen Reim machen könne. Damit wollte ich die unvermeidliche Verführung so lange wie möglich hinauszögern. ›Warum denn nicht?‹ antwortete er, mit vollen Backen kauend. Er hatte eine Art, mit beiden Armen enthusiastisch zu rudern, die mir sehr gefiel.

›Also gut‹, sagte ich. ›Eine Freundin von mir hat vor langer Zeit folgendes erlebt... (In Wirklichkeit war das ich selber, aber das brauchte er ja nicht zu wissen.) Genau wie ich arbeitet sie beim Theater‹, sagte ich. ›Damals stand eine Inszenierung mit dem berühmten Schauspieler Unstruth auf dem Programm, und meine Freundin hatte die ehrenvolle Aufgabe, einen Teil seiner zahlreichen Kostüme zu betreuen. Von Anfang an fiel ihr auf, daß Unstruth sie irgendwie bevorzugte. Er hielt ihr mit übertriebener Verbeugung die Tür auf, auch wenn sie gar nichts in der Hand hatte, er zog, wenn er sie im Gang sah, einen imaginären Schlapphut, er lud sie zum Kaffee in die Kantine ein – kurz, er überhäufte sie mit allen Arten von Aufmerksamkeit. Sie fragte sich natürlich, warum. Bei den Kostümproben schickte er regelmäßig alle aus dem Raum außer ihr, mit der Begründung, er sei schüchtern, um dann ungestört mit ihr zu plaudern.

Sehr bald nahm er sich Freiheiten heraus. So erschien er zu den Anproben in knallroten Unterhosen, worüber sie wider Willen lachen mußte. ›Ich brauche das‹, sagte er gutgelaunt. ›Ich könnte meine Rolle niemals in weißen Unterhosen spielen, auch wenn es niemand sieht. Und daß Sie mein Geheimnis wissen, ist für mich wie ein Talisman.‹ Solches Gerede ist im Theater ganz alltäglich. Schauspieler sind wie Kinder. Wie kleine Jungen, genauer gesagt. Eitel, verspielt, ichsüchtig und abergläubisch. Meine Freundin versuchte daher, diesen Plaudereien nicht allzuviel Bedeutung beizumessen.

Vielleicht sollte ich meine Freundin aber zunächst einmal beschreiben?‹ fragte ich den angeregt essenden Gabor. ›Sie ist genauso groß wie ich und näht sich ihre extravaganten Kleider selbst. Einen beträchtlichen Teil ihrer Gagen legt sie in Schuhen an. Merkwürdigerweise tat Unstruth dies auch.

Die Kreise, die Unstruth um sie zog, wurden langsam enger. Er setzte Extra-Anproben an und fragte sie bei jeder Kleinigkeit um Rat. Einmal stand er mit dem Intendanten auf dem Gang, als meine Freundin vorbeikam. Er ließ den Intendanten stehen und rannte ihr in komischer Verzweiflung hinterher. ›Halt, halt… ich brauche Sie doch!‹ Bei den Proben unterbrach er, um quer über die Bühne hinweg zu fragen: ›Was halten *Sie* davon?‹ Er ließ den Regisseur eine Weile reden, um anschließend darauf zu bestehen: ›Ich möchte die Meinung der Dame dort hinten hören.‹ Auf dem Weg in die Werkstatt sagte ihm meine Freundin daraufhin erschrocken, daß sie derlei Aufmerksamkeiten zwar schätze, aber auch für übertrieben halte. ›Hören Sie auf damit. Bitte.‹ Unstruth schmollte. Es folgte eine Woche Ruhe.

Wie sich bald herausstellte, war Unstruth in dieser ruhigen Woche einfach nicht dagewesen. Und meine Freundin hatte es nicht einmal gemerkt. ›Aber ich war doch eine ganze Woche verreist!‹ rief er beleidigt. Danach ging die Verfolgung von neuem los. Im Treppenhaus stellte sie ihn einmal kurzerhand zur Rede. ›Warum gerade ich?‹

›Das ist meine Sache‹, antwortete Unstruth und verschwand.

Meine Freundin nahm sich Arbeit mit nach Hause, um ungestörter zu sein. Andererseits plagte sie die Neugier, und sie ging eines Abends in eine Repertoire-Vorstellung, in der er eine Hauptrolle spielte. Als sie es ihm am andern Morgen erzählte, bellte Unstruth in seiner militärischen Art: ›Und? Was hat Ihnen bei meiner Rolle am besten gefallen?‹ Meine Freundin dachte nach und sagte: ›Die Art, wie Sie im zweiten Akt in den Salon kommen und einfach nur schauen. Sie kommen zur Tür herein und stellen sich hin und schauen. Das ist sehr wirkungsvoll.‹ ›Ich schenke sie Ihnen‹, sagte Unstruth kurz. ›Ich werde die Szene nicht mehr spielen.‹ Meine Freundin war sprachlos. ›Aber warum? Sie ist doch fürs Publikum ...‹ ›Nein, ich schenke sie Ihnen. Wissen Sie, Dichter können widmen, bildende Künstler ihre Produkte verschenken. Ja, die meisten ausführenden Künstler können sogar ihre Interpretationen verschenken, auf einer Schallplatte zum Beispiel... nur wir Schauspieler...‹

Es folgten ernsthafte Gespräche. Unstruth hatte sich mit seinem Beruf gründlich auseinandergesetzt. ›Ich beneide Sie um Ihr Handwerk‹, sagte er zu meiner Freundin. Er gestand, daß er nachts Gedichte schreibe, auch Briefe, die er in der Früh zerreiße. Die Inszenierung, an der sie beide mitarbeiteten, sollte in vier Wochen Premiere haben. Sie gestanden sich, daß sie sie genaugenommen ziemlich scheußlich fanden. Meine Freundin sagte, einzig er sei gut in dem Stück, seine Leistung wie der Treibriemen. ›Jaja, ich bin das Zugpferd‹, meinte er resigniert. ›Aber wie lange noch?‹ Er war zwanzig Jahre älter als sie, über die Fünfzig schon hinaus.

In dieser Zeit wandte sich meine Freundin an eine Journalistin mit der Bitte, in ihrem Zeitungsarchiv Material über Unstruth herauszusuchen. Es gab eine dicke Mappe über ihn. Unstruth war ein prominenter Mann. Er schien Geist zu besitzen und Witz. Auf die Frage, was er auf die berühmte einsame Insel mitnehmen würde, wenn es nur *ein* Gegenstand sein dürfe – hierauf antworteten die meisten Männer bekanntlich mit ›Ein Messer‹ oder ›Die Bibel‹ – auf diese Frage antwortete er spontan: eine trächtige Katze. Leider ging aus den Unterlagen noch etwas hervor. Unstruth war seit zwanzig Jahren mit ein und derselben Frau verheiratet, einer Kollegin, die ihren Beruf nicht mehr ausübte. Kinder hatten sie nicht. War das nun gut oder schlecht? Meine Freundin sagte: ›Nun, wenigstens scheint er treu zu sein. Andere in seinem Alter wären dreimal geschieden.‹ – ›Entweder‹, gab die Journalistin zurück, ›ist er wirklich treu, das ist schlecht für dich, oder er hat seine Affären auf Tournee.‹

Als ob Unstruth es geahnt hätte, ging er bei den Anproben auf dieses Problem ein. Er tat den Ausspruch: ›Sie können mich jederzeit zur Anprobe haben. Nur natürlich nicht nachts. Das würde meine Frau stören.‹ Meine Freundin empfand diesen Satz wie eine Ohrfeige. *Hatte* sie ihn denn etwa nachts zur Anprobe reklamiert? Aber dann ließ er beiläufig eine andere Bemerkung über eine ausgesprochen hübsche und sehr unerfahrene Regieassistentin fallen: ›Sie wäre ja sehr attraktiv – wenn sie nur nicht so entsetzlich dumm wäre.‹ Durch diese Bemerkung fühlte sich meine Freundin wieder getröstet. Er machte sie zur Komplizin seiner Gedanken, also war sie selbst die Auserwählte, und niemand sonst.

Ein einziges Mal während dieser Zeit kam Unstruths Frau ins Theater – vielleicht, weil sie in der Stadt beim Friseur gewesen war. Sie sah aus wie Unstruths ältere Schwester und war sehr damenhaft. Kaum hatte sie den Raum betreten, begann Unstruth auf Teufel komm raus mit einem Lehrling zu flirten, mit einer Maskenbildnerin – vor versammeltem Publikum. Meine Freundin war, wie alle anderen, starr vor Scham. Warum peinigte er seine Frau? Was hatte ihm diese arme Maskenbildnerin getan, daß er sie zum Instrument eines grausamen Spieles machte?

Die Premiere warf ihre Schatten voraus. Alle Abteilungen machten bereits Überstunden. So auch meine Freundin. Sie saß spät abends noch in ihrer Werkstatt und nähte. Unstruth hatte an diesem Abend eine Repertoire-Vorstellung und kam in der Pause zu ihr herauf, geschminkt, im Kostüm, mit funkelnden Augen. Sie erloschen wie Silvesterraketen, als er bei meiner Freundin eine Kollegin vorfand, die gemütlich dasaß und schwatzte und nähte. Er drehte sich sofort wieder um und verschwand. ›Da hast du ja einen glühenden Verehrer‹, sagte die Kollegin und lachte.

Nun dachte sich Unstruth allerlei aus. Meine Freundin hatte erzählt, daß sie gern mit Leder umging. Prompt fiel ihm ein, daß er für seine Rolle noch Handschuhe brauchte. Ob sie ihm die nähen könne? Das bedeutete wieder Extra-Anproben. Die Gespräche dabei wurden immer privater, immer wehmütiger. ›Ich weiß ja noch nicht einmal Ihren Namen!‹ jammerte er, und bei der nächsten Anprobe: ›Sie stehen aber nicht im Telefonbuch.‹ Dann verwandelte er sich wieder in den Inquisitor und bellte: ›Es wäre besser, wenn Sie mir Ihre Nummer gäben, für alle Fälle‹ – und meine Freundin war entzückt. Er erzählte von seinen Wunschträumen. ›Einmal neu beginnen... in einem leeren weißen Zimmer von vorne anfangen...‹

Merkwürdigerweise waren es die Kleider, die meine Freundin davon überzeugten, daß es ihn wirklich erwischt hatte. Sie stellte fest, daß er sich jeden Tag anders, jeden Tag sorgfältiger anzog, wie jemand, der sehr verliebt ist. Obwohl sie mit ihrer Arbeit kaum zu Rande kam, machte sie ihm ein kleines Modell von seinem Haupt-Kostüm, das nach der Vorstellung nicht im Fundus verschwinden würde. Eine winzige Schneiderpuppe konnte das Kostüm tragen – groß genug für seinen Schreibtisch. Als Unstruth das glitzernde Ding sah, war er wie vor den Kopf geschlagen. Er starrte es fünf Minuten einfach an. ›Wie kommt es, daß Sie zaubern können?‹ fragte er. Dann wurde er sehr geschäftig. ›Ich muß Ihnen etwas dafür schenken‹, sagte er. ›Mögen Sie Pralinen?‹ Meine Freundin lachte und sagte: ›Ich hasse Pralinen. Desgleichen Schnittblumen.‹

Am nächsten Tag im Aufzug redeten sie von der Premiere. Beiläufig erwähnte meine Freundin, daß sie zur Premiere selbst nicht mehr da sein könne. Sie werde dann bereits an einem anderen Theater in einer anderen Stadt arbeiten, der Vertrag sei schon seit geraumer Zeit unterschrieben. Er schaute sie an, als hätte sie soeben ein langjähriges Dienstverhältnis gekündigt. *Nicht da? Zur Premiere nicht mehr da?* Am selben Abend fand sie an der Pforte ihr Geschenk. Vom besten Konditor der Stadt – Pralinen.

Die Zeit drängte. Anproben fanden jetzt auch am Wochenende statt. Meine Freundin in ihrer Verliebtheit hatte bereits drei Kilo abgenommen, Unstruth zwei. Mit einem Zettel bestellte sie ihn zu einer letzten Anprobe vor ihrer Abreise und legte die zweite Strophe eines Gedichts dazu: *Ach! Der Menge gefällt, was auf den Marktplatz taugt* usw. – Unstruth brachte bei der Anprobe mühsam den Satz heraus: ›Sie ziehen sich immer schöner an. Sehen wir uns morgen?‹ Meine Freundin schüttelte den Kopf.

Was sie an ihrem letzten Tag im Theater erlebte, war nichts Geringeres als der Totalverfall eines Hauptdarstellers. Einmal bat er sie flehentlich, wenigstens bis zur Premiere zu bleiben. Ein andermal saß er eine geschlagene Stunde mit Magenschmerzen auf einer kleinen braunen Bank. ›Was haben Sie denn?‹ – ›Nichts, nichts...‹ Schweren Herzens räumte meine Freundin ihre Werkstatt auf. Er stand dabei und sah ihr zu. An seiner Fassungslosigkeit glaubte sie endgültig zu erkennen, daß er sie liebte. Inquisitorisch: ›Wann kommen Sie wieder?‹ Laut Vertrag hatte meine Freundin erst das zweite Wochenende frei. ›In vierzehn Tagen.‹ Er sah sie an mit einem mörderischen, einem monströsen Blick. Wären nicht plötzlich viele Menschen in ihre Werkstatt gekommen, um sich von ihr zu verabschieden, wer weiß, was passiert wäre.

Mit dem Nachtzug fuhr meine Freundin zu ihrer neuen Arbeit. Frühmorgens kam sie an. An der Pforte des Theaters lag schon ein Telegramm für sie. Sie riß es auf. Darin stand: ›Vierzehn Tage sind lang.‹

Durch dieses Telegramm erkannte meine Freundin, welchen schweren Fehler sie gemacht hatte. Plötzlich war sie allein, abgeschnitten vom lebhaft summenden Bienenhaus des anderen Theaters und ihrer Werkstatt *dort*. Unstruth hatte wenigstens noch den alten Spannungsbogen behalten, das vertraute Team, dasselbe Stück... Hundertmal am Tag erwog sie, vertragsbrüchig zu werden und einfach zurückzufahren. Das tat sie nicht. Sie überlegte sich einen Telegrammtext, der ebenso bündig klang wie *Vierzehn Tage sind lang*. Sie dachte lange nach. Endlich verfiel sie auf den Satz: ›Nur meine Hände sind in H.‹ – Das stimmte. Sie arbeitete in völliger Trance. Die vierzehn Tage dehnten sich unerträglich. Bald kam ein Brief von ihm. Sie riß ihn noch an der Pforte auf. Er begann lustig, mit einem Rollenzitat. Erleichterung sprach daraus, Dank noch einmal für alles. Die Premiere war vorbei. Das wunderschöne Kostümmodell stand nun auf seinem Schreibtisch, ›und nur der Blumenstrauß darf dazwischen‹. Welcher Blumenstrauß denn? Ach ja – sie hatte ihm zur Premiere Blumen schicken lassen, Rittersporn. Also hatte er ihren Strauß unter den vielen anderen Sträußen erkannt.

Jedes Detail ihrer zweieinhalbmonatigen Geschichte rollte immer wieder vor ihr ab, jeder Blick, jedes Verstehen, seine befehlshaberische Entschlossenheit... Auch jenes *Da hast du aber einen glühenden Verehrer* ihrer Kollegin, oder sein empörtes *Ich war doch die ganze Woche verreist!* – jede unabsichtliche Berührung bei der Anprobe...

Vierzehn Tage sind kurz. Das wurde ihr klar, als sie im Zug saß. Sie waren verflogen wie ein Rausch. Die ganze Zeit hatte sie sich vorgestellt, wie sie am Ende dieser vierzehn Tage einander in die Arme sinken würden und ein immerwährendes Fest beginnen – endlich. Warum eigentlich hatte sie ihn vorher immer abgewiesen? Sie wußte es nicht mehr. Die Gründe, die sie gehabt haben mochte, waren verflogen. Sämtliche Furien der Verliebtheit tobten in ihrem Kopf, alle Widerstände waren gebrochen.

Sie machte sich im Zug schön. Ging direkt ins Theater, scherzte mit dem Portier, der sie mit Komplimenten überhäufte *(Man hat Sie vermißt!)*, lachte mit den langsam eintrudelnden Schauspielern, umarmte Kolleginnen, setzte sich einen Augenblick auf die kleine braune Bank. Tränen stiegen ihr in die Augen, sie bekam Magenschmerzen, wie Unstruth damals. ›Was haben Sie denn?‹ – ›Nichts, nichts...‹ Da kam er auch schon, den Blazer umgehängt, locker, strahlend – viel jünger, als sie ihn in Erinnerung hatte. Er sah aus wie vierzig. Sie ging ihm entgegen.

Als er sie sah, erschrak er vor Freude. Dann breitete er herzlich beide Arme aus – eine Art Körpergrimasse, denn es waren wieder viel zu viele Leute anwesend – und betrachtete sie von oben bis unten. Er sagte: ›Blühend wie nie zuvor. Es scheint, H. bekommt Ihnen bestens!‹

Meine Freundin sah ihn an. Was sollte das heißen: *H. bekam ihr bestens?* H. war eine blödsinnige, langweilige, steife, große, graue, viel zu weit entfernte... Aber Unstruth nahm sie jetzt am Ellbogen und führte sie zu der kleinen braunen Bank. Sie setzten sich beide. ›Also, was ist?‹ fragte Unstruth und bohrte seinen Blick in ihre Magengegend. ›Ich sehe mir jetzt die Vorstellung an‹, sagte meine Freundin arglos. ›Zusammenhängend habe ich sie ja noch nie gesehen.‹

Unstruths Miene verdunkelte sich wie der Mond in der Nacht. Wolken des Unmuts wanderten über sein Gesicht. Er sprang auf, nahm den Blazer, der auf die Erde gefallen war, und schüttelte ihn aus. Er sagte kurz angebunden: ›Die Aufführung ist schlecht. Das wissen Sie ja. Gehen Sie nicht hinein. Wenn ich könnte, würde ich es Ihnen verbieten.‹ Mit diesen Worten drehte er sich um und verschwand im Bühneneingang. Es war auch höchste Zeit. Der Hof lag schon verlassen und leer.

Mit welchen Gefühlen meine Freundin im Parkett saß, brauche ich wohl kaum zu beschreiben. ›Gehen Sie nicht hinein. Wenn ich könnte, würde ich es Ihnen verbieten.‹ Hatte er das wirklich ernst gemeint? Sein inquisitorischer Tonfall erschien ihr wie eine Liebkosung. Es war, als hätte jemand sie fest geschlagen. Sie war zugleich bezaubert und bestürzt von seinem Verhalten. Was hatte sie erwartet? Daß er am Bühneneingang die große Liebesszene spielen würde? Vor versammeltem Ensemble? Möglicherweise hatte sie das erwartet – wobei es aber sehr dumm von ihr war, so etwas zu erwarten. Wie seltsam, ihr den Besuch seiner Vorstellung quasi zu verbieten. So despotisch konnte er sein! Aber: Wo hätte sie ihn dann wieder treffen können, falls sie ihm gehorcht und das Theater heute abend gemieden hätte? Darüber hatte er nichts gesagt. An seinem Auto vielleicht? Während sie hingerissen seinen genialen Kapriolen auf der Bühne zuschaute, versuchte sie, logisch zu denken. Natürlich erwartete er, daß sie ihn nach der Vorstellung im Hof abholte. Sie hätte in der Zwischenzeit tatsächlich etwas essen können, statt in die Vorstellung zu gehen, aber um nichts in der Welt hätte sie auf das Vergnügen verzichtet, das Ergebnis ihrer gemeinsamen Arbeit jetzt zu betrachten, mit voyeuristischem Vergnügen, wie ihr schien.

Nach der Vorstellung wartete sie mit Lust und Qual im dunklen Hof. Unstruth kam als letzter, den Blazer locker um die Schultern gehängt. In einer plötzlichen Anwandlung drehte meine Freundin den Kopf, und im leeren Hof stand ganz hinten tatsächlich noch eine Frau. Ihr Herzschlag stockte. Dann sah sie in der Hand der Wartenden einen weißen Briefumschlag. Etwas Offizielles, dachte sie erleichtert.

Unstruth löste dieses Problem mit Charme. Er nahm meine Freundin bei der Hand, führte sie zu der anderen Dame und stellte die beiden einander vor. Die Dame war Abgesandte irgendeiner Akademie und überreichte mit ein paar höflichen Worten ihr weißes Kuvert. Das war alles. Unstruth überflog den Brief im Schein seines Feuerzeugs. Meine Freundin und die Akademiedame betrachteten das gelbe Flämmchen – beide tief in Gedanken. Wie lästig, dachte meine Freundin. Einen Prominenten hat man nie für sich allein. Endlich klappte Unstruth sein Feuerzeug zu, schüttelte der Akademiedame die Hand und sagte: ›Sie hören von mir.‹ Gehorsam entfernte sich die Dame. Unstruth und meine Freundin gingen zu seinem Auto. ›Ich war unfolgsam‹, sagte meine Freundin. ›Ich habe mir die Vorstellung doch angesehen.‹ Unstruth ließ sein Feuerzeug wieder anspringen, diesmal, um auf seine altmodische Armbanduhr zu schauen. ›Meine Güte‹, sagte er erschrocken, ›schon so spät! Ich muß mich tausendmal entschuldigen. Aber der Abschiedsempfang…‹ Meine Freundin verstand nicht gleich, was er meinte. Er erklärte ihr hastig, gerade an diesem Abend finde der Abschiedsempfang statt – für den Regisseur jener Inszenierung, die sie beide so scheußlich fanden. ›Da muß ich hin.‹ Er schlüpfte achselzuckend in seinen Blazer, holte die Autoschlüssel aus der Tasche, winkte ihr noch einmal zu, stieg in sein Auto und fuhr davon.‹

›Und das war das Ende der Geschichte Ihrer Freundin?‹ wollte Gabor wissen. ›Fast‹, sagte ich. Wir waren inzwischen beim Nachtisch angekommen, dem hühnereifreien Zabaione, und tranken ziemlich viel Diabetikerwein.

›Auf diese Geschichte also kann ich mir keinen Reim machen‹, sagte ich. ›Helfen Sie mir doch. Wie kann ein Mann erst so verliebt sein, und dann plötzlich – nichts mehr? Was ist damals zwischen diesen beiden eigentlich vorgefallen?‹

Gabor beugte sich vor und fixierte mich. ›Was soll passiert sein?‹ sagte er. ›Ihre Freundin hat den Mann einfach zu lange warten lassen, das ist passiert. Premierenfieber, weiter nichts. Und nach der Premiere war es vorbei. Jedenfalls für ihn. Man soll sich nicht in Schauspieler verlieben. Es bringt nur Ärger, führt zu nichts.‹

›Aber das ist doch nicht möglich‹, beharrte ich entsetzt. ›Wenn man wirklich verliebt ist, wartet man schließlich auch drei Wochen. Oder nicht?‹

Gabor zeigte gewisse Zeichen von Ungeduld. ›Na eben!‹ sagte er und stürzte ein weiteres Glas Diabetikerwein hinunter. ›Er *war* eben gar nicht wirklich verliebt.‹

›Aber er hat sich so benommen!‹ rief ich wütend. ›Und was hat er angerichtet! Ich werde Ihnen das noch erzählen. Meine Freundin saß die halbe Nacht und den ganzen Sonntag zu Hause. Kein Anruf, kein Telegramm, keine Pralinen durch Boten, und natürlich auch keine Schnittblumen. Falls er überhaupt noch an sie dachte und sie nicht bereits vollständig vergessen hatte, mußte er allerdings annehmen, daß sie den Sonntag über schon wieder im Zug saß. Sie nahm den Nachtzug zurück nach H. Ihr erster Weg führte ins Theater. An der Pforte lag nichts. Ein entsetzlicher Sommer folgte. Kein Brief, kein Zeichen. Sie fühlte sich düpiert. Immer wieder durchlebte sie das Geschehene. Seine akute Verliebtheit. Ihre Abwehr. Die heimliche Komplizenschaft. Ihre Abreise vor der Premiere. Sein Telegramm. Ihr Telegramm. Das plötzliche Erkalten vierzehn Tage später. Ohne daß er sie auch nur einmal berührt hätte. Habe ich ihm denn nicht *deutlich* gezeigt, daß ich ihn liebe? fragte sie sich. Plötzlich schien ihr, alle Zeichen, die sie ihm gegeben hatte, mußten durchaus nicht zwingend als Zeichen von Liebe und Einverständnis aufgefaßt werden; man konnte sie ebensogut als nichtssagende Höflichkeiten empfinden. *Nur meine Hände sind in H.* – Harmlos dahingesagt, hieß dies überhaupt nichts. Mein Gott, dachte sie, sollte ich mich wirklich nicht deutlich genug ausgedrückt haben? Was für ein dummer Zufall... Ich fahre weg, lasse ihn im Stich, sage nicht, daß ich ihn in vierzehn Tagen wiedersehen will – er muß denken: Die bin ich los für immer.

Aber im nächsten Augenblick errötete sie schon wieder und dachte beschämt: Natürlich habe ich es ihn merken lassen. Auf Schritt und Tritt habe ich mich verraten. Auf albernste Weise preisgegeben. Zum Beispiel dieses Gedicht: *Ach! der Menge gefällt, was auf den Marktplatz taugt...* Aufgeschrieben habe ich zwar die zweite Strophe. Aber die erste heißt: *Ist nicht heilig mein Herz, schöneren Lebens voll, seit ich liebe?* Für einen klassikbewanderten Schauspieler wie ihn mühelos zu finden...

Solche quälenden Gedanken brachten sie auf die Idee, ihrerseits das Zitat nachzuschlagen, womit er seinen Dankesbrief nach der Premiere eröffnet hatte – es war der einzige Brief, den sie von ihm besaß. Sie hatte ihn damals aus irgendeinem Grund in der Mitte durchgerissen, bewahrte aber die Hälften in ihrer Handtasche: *Gerettet sind die edlen Teufelsteile* stand oben rechts über dem Datum. In ihrem Textbuch fand sie zu ihrer Verwirrung folgende Fortsetzung... *der Liebesspuk, er wirft sich auf die Haut; schon ausgebrannt sind die verruchten Flammen, und wie es sich gehört, fluch ich euch allzusammen...* Was sollte das heißen? War dies eine Botschaft? Hatte er sich bereits einen Tag nach der Premiere entliebt? Oder eine Verliebtheit mit einer anderen erschlagen? Vielleicht mit jener Regieassistentin, über deren Attraktivität er sich einmal geäußert hatte?

Ach, meine arme Freundin. Fragen über Fragen. Aber ich sehe‹, sagte ich zu Gabor, ›Sie zeigen jetzt gewisse Ermüdungserscheinungen. Schade, ich hätte gern noch mit Ihnen das Phänomen der Übertragung diskutiert. Wenn man in jemanden verliebt ist, sich innerlich dagegen wehrt und noch nicht nachgegeben hat, kann man die Sehnsucht unter Umständen auf eine zweite oder dritte Person übertragen. Ein Ausweichmanöver, gewiß, aber geht jene zweite oder dritte Person darauf ein, kann die Übertragung gelingen. Vielleicht hatte Unstruth es so gemacht? Nun, meiner Freundin wollte leider ihrerseits eine solche Übertragung nicht gelingen. Ein halbes Jahr verging, und ihre fixe Idee hielt an. Niemand konnte sie davon heilen. Ein einziger hätte es gekonnt, Unstruth selbst natürlich; deshalb gab sie ihm eine Chance. Bei einem eher zufälligen Besuch im Theater gelang es ihr, ihn ganz allein in seiner Garderobe zu sprechen. Sie raffte ihren Mut zusammen und sagte: ›Ich habe immer an Sie gedacht…‹

›Nun geben Sie gut acht‹, sagte ich zum finster blickenden Gabor. ›Ein einziger Satz hätte genügt, ihre Qual zu beenden. Ich halte ihn für aussprechbar. Er wird tatsächlich auch immer öfter ausgesprochen.‹

›So, welcher?‹ fragte Gabor gähnend.

›Einfach dieser: *Ich bin überhaupt nicht in dich verliebt.* Oder *Ich war es nie*. Ein schlichter, leichter Satz. Meine

Freundin wünschte sich nichts anderes, als die Geschichte mit ihm auf einer Metaebene zu diskutieren.‹

›Auf einer Metaebene‹, sagte Gabor.

›Sie wollte Aufschluß haben, wenn Ihnen das lieber ist. Sie wollte seine Geschichte mit der ihren vergleichen. Was ist daran so schlimm? Er tat es nicht. Warum? Vielleicht war er feige? Sah er ihren Kummer wirklich nicht? Wissen Sie, was er ihr antwortete, nachdem sie ihm gesagt hatte: *Ich habe immer an Sie gedacht...*? Er sagte: ›Ach, das ist schade! Gerade bin ich so mit meinen eigenen Problemen beschäftigt. Ich gehe auf Tournee.‹ – ›Auf Tournee? Für wie lange?‹ fragte meine Freundin entsetzt. – ›Für zwei Monate.‹ – ›Zwei Monate!‹ rief sie unwillkürlich aus. ›Zwei Monate‹, echote Unstruth. ›Aber Kindchen... Was sind denn schon zwei Monate – für uns!‹

›Männer geben niemals Aufschluß‹, sagte Gabor. ›Vor allem nicht gegenüber Fremden.‹

›Fremden?‹ rief ich entsetzt. ›Zu Fremden sagt man aber auch nicht *Was sind zwei Monate für uns*. Mit diesem schauderhaften Ausspruch war sie entlassen. Sie wartete – zwei Monate, dann drei, dann vier. Hielt es die ganze Zeit über für möglich, daß er eines Tages vor der Tür stehen könnte mit den Worten: Ich habe mich entschieden. Hier bin ich...‹

›Hören Sie auf, hören Sie auf‹, sagte Gabor zu mir mit schwerer Zunge. ›Ihre Freundin ist eine Idiotin.‹

›Nein, ist sie nicht‹, widersprach ich. ›Sie ist auch nicht irre. Sie hat sich ganz normal verliebt. Der Verbrecher, das ist er.‹

›Aber warum denn? Nur weil er ein höflicher Mensch ist? Warum läßt sie ihn so lange zappeln?‹

Gabor zahlte. Wir kamen nicht mehr weit und nahmen uns ein Zimmer über dem vegetarischen Restaurant. Laut streitend fielen wir ins Bett.

›Da war ja überhaupt nichts‹, rief Gabor, ›sie hat sich alles nur eingebildet.‹

›Und er hat ihr den Hof gemacht und sie dann sitzenlassen‹, rief ich.

Wir stritten bis zum frühen Morgen. Ich hatte mein Ziel erreicht. Es gelang Gabor nicht, mich zu verführen. Aber er hatte sein Ziel auch erreicht: Ich saß an seiner Angel fest. Eine Woche später, es war wieder ein Mittwoch, verleibte Gabor mich seinem Harem ein. Ich weiß nicht, wie viele Frauen er außer mir und seiner Freundin noch hat. Ich will es auch nicht wissen. Ich habe Monate gebraucht, um mich damit abzufinden, daß er immer nur mittwochs Zeit hat. Jetzt bin ich damit nicht unzufrieden. Gabor ist ein ordinärer Frauenheld. Aber wenigstens kein Phantom.«

»Soweit die Geschichte von Anna«, sagte Olinda. »Gabor verwendete bei seinen Verführungen ein bestimmtes Schema – vielleicht aus Müdigkeit, aus Energiemangel oder weil es einmal funktioniert hatte.

Mit sämtlichen Informationen versehen ging ich in der Woche drauf mit Gabor essen. Ich wußte von Anna, in welches Restaurant er wahrscheinlich gehen würde (Restaurant Atlanta), ich wußte, was er wahrscheinlich sagen würde. Ich wußte, daß er zwischen Aperitif und Hauptgang die Hand auf mein Knie legen würde. Alle Tasten und Knöpfe dieser speziellen Don-Giovanni-Maschine waren mir schon bekannt. Ich wußte aber nicht, wie groß sein

Harem war und ob es stimmte, daß jede einsame Dame unfehlbar auf ihn hereinfiel. Daher traf ich mich vorher mit seinem Sohn. Gabor junior war überglücklich und machte mir sofort einen Antrag. ›Wissen Sie, womit Sie meinen Vater wirklich ärgern könnten?‹ fragte er. ›Sie müßten sich nur ein kleines bißchen mit mir einlassen. Das verträgt er gar nicht.‹ Im übrigen zeigte er sich wohlinformiert. Sein Vater habe im Augenblick acht Frauen, *von achtzehn bis achtundvierzig*, wie er sich zu rühmen pflegte.

Der Rest ergab sich von selbst. Alles lief ab wie der Countdown eines Raketenstarts. Die Hand lag auf dem Knie. Gabor verlieh seinem Abscheu vor dummen Frauen Ausdruck. Die Hand wanderte nach oben, mußte abgeklaubt werden. Bald fiel der klassische Satz: ›Ich möchte lieber mit Ihnen schlafen als mit meiner Freundin.‹ Ich lachte ihn aus und sagte: ›Sie armer Irrer. Acht Frauen – von achtzehn bis achtundvierzig, und das reicht Ihnen noch nicht? Und immer dieselbe Masche? Haben Sie das nötig? Sie sind doch nicht impotent.‹ Gabor warf mir einen alarmierten Seitenblick zu. ›Wie kommen Sie denn darauf?‹ sagte er scharf. Dann wurde er sehr geschäftig. Er tat geheimnisvoll und sagte, er habe heute noch einen wichtigen Termin. Das sei sehr schade, denn jemand wie ich wäre genau die richtige Frau für ihn. Er verabschiedete sich mit dem merkwürdigen Satz: ›Um seine Frau muß man kämpfen.‹«

»Und dann?« wollte ich von Olinda wissen.

»Seither habe ich nichts mehr von ihm gehört.«

»Aber das ist doch merkwürdig!«

»Männer *sind* merkwürdig«, sagte Olinda. »Sie sind Satzerzeugungsmaschinen mit groben Fehlern. Das ist mir schon öfter aufgefallen. Wenn ich sie um eine Fähigkeit beneide, dann um diese: Sätze äußern zu können, die sie nicht meinen.«

»Was wurde eigentlich aus Moritz und seiner Dresdnerin?« fragte ich Olinda.

»Oh, die!« sagte Olinda mitfühlend. »Sie heirateten, wie ich schon sagte, und bekamen auch ein Kind. Mein Sohn geht regelmäßig zu ihnen und besucht seinen Vater. Deshalb weiß ich, daß sie seit vielen Jahren heftig streiten. Das will an sich noch nichts besagen. Aber neulich war ich in einer größeren Gesellschaft beim Heurigen. Es war ein Zufall, daß Moritz und Lina auch dort saßen. ›Heiraten?‹ hörte ich plötzlich meinen Exmann zu einem anderen Mann sagen. ›Du weißt nicht, was du dir antust! Wenn du es irgendwie vermeiden kannst, laß es bleiben. Es ist die Hölle.‹ Die arme Lina saß daneben und wußte nicht, wo sie hinschauen sollte. – Ich frage mich: Warum ist das Leben für die meisten Menschen eine Quelle von Elend?«

Die Männerjägerin

Atala erzählt von ihrem Appetit auf die scheinbar Perfekten

»Manchmal verwirrt mich die Menge der Gestalten«, sagte Atala und sah dem Rauch ihrer Zigarette nach. »Jede Nacht kommt ein langer Zug an mein Bett, Männer, Frauen, Kinder, Tiere, die ich leidenschaftlich geliebt habe, darunter mein grauer Stoffelefant. Ich habe alle mitgezählt, ich bin sehr ehrlich. Würde es das Leben nicht sehr vereinfachen, wenn unser Wahn genügsamer wäre und beständig?

Nach meiner Trennung von Gabor war ich allein. Kurz darauf zog in unserem Wohnhaus ein Mann ein, der Paul ähnlich sah. Ich schöpfte eine gewisse Hoffnung, mit ihm meine große Passion einfach zu wiederholen. Aber der neue Paul war so aufreizend viel kleiner, daß ich den Gedanken daran aufgab, als ich einmal neben ihm durch eine Glastür ging.

Von der Affäre, die darauf folgte, werde ich Ihnen in der dritten Person erzählen«, sagte Atala. »Es ist dann so, als folgte ich einer ganz Fremden mit dem Brennglas durchs Getümmel.

In der Agentur dieser Atala erschien ein ausgesprochen unattraktiver Mann. Er hatte seltsame Augen. Er war zurückhaltend und still und schien meist in sich hineinzuhorchen. Ihm eilte der Ruf voraus, ein gewaltiger Frauenjäger zu sein. Ab und zu machte er eine ironische Bemerkung, sagte aber sonst nicht viel. Sein Credo bestand in einem einzigen Satz, den er zu Recht als bekannt voraussetzte, weil man ihn im Zusammenhang mit seinem Namen – der Frauenjäger hieß Anton – überall kolportierte. Dieser Satz lautete: ›Wenn Anton sich für eine Frau interessieren soll, muß sie mit ihm ins Bett.‹

Atala hatte die glänzende Idee, sofort darauf einzugehen. Und siehe da, der Frauenjäger war überraschenderweise sanfter Natur. Wie ein Lamm. Sie konnte ihn um den Finger wickeln. Er war außerdem häuslich. Jede Nacht ging sie zu ihm, er stellte ihr höflich den halben Badezimmerschrank zur Verfügung. Niemand merkte etwas. Sie posaunten es nicht herum. Anton schwieg, sie auch. Sie war immer pünktlich, obwohl sie jeden Morgen nicht aus ihrer, sondern aus seiner Wohnung kam. Sie behauptete, ihr Telefon nachts so leise zu stellen, daß sie es auch morgens nicht hörte.

Nach drei Wochen häuslicher und streng geheimer Idylle mußte sie verreisen – zu ihrer beider Bedauern. Sie war verliebter denn je. Rasende Sehnsucht, höllisches Begehren. Der Speisewagen trug sie fort in eine andere Stadt. Sie begann einen Brief an ihn mit den Worten *Anton, ich bin dir ganz ergeben*, und zerriß ihn wieder. Zehn Tage lang war sie fast von Sinnen. Von überallher schickte sie ihm Postkarten in verschlossenen Umschlägen. Es berührte sie allerdings merkwürdig, daß sie keine Lust hatte, auf diese Postkarten einen Text zu schreiben. Im Geist nahm sie ihr Wiedersehen, ihre Umarmung hundertmal vorweg. Tausendmal. Als sie sich endlich wieder auf der Rückreise befand, merkte sie mit einiger Unruhe, daß sie nicht glücklich war. Es paßte ihr nicht, daß er die Ankunftszeit erfragt hatte, um sie abzuholen... Lieber Gott, dachte sie in steigender Panik, mach, daß er nicht am Bahnhof steht. Aber warum? Sie schob es auf ihre Erschöpfung, ihr schlechtes Aussehen.

Vergebens. Der Frauenjäger stand am Bahnhof, freudig bereit, die Sache dort wieder aufzunehmen, wo sie unterbrochen worden war. Während sie widerwillig mit ihm nach Hause ging, dachte sie: Ich kenne ihn doch gar nicht. Aber es schoß ihr auch ein Satz durch den Kopf, den sie ihm einmal zu Beginn am Telefon gesagt hatte: Ich bin ganz dumm vor Glück. Dies alles konnte sie kaum fassen. Sie war sich selber fremd und beschloß, abzuwarten. Sie schlief mit ihm und beobachtete dabei den Schatten, den er an die Wand warf.

Diesen Schatten fand sie sehr komisch.

Nach einer Woche war ihr klar, daß sie den Mann nicht liebte und nie geliebt hatte. Aber wie seltsam: Wenige Wochen vorher hätte sie es noch mit allen Eiden beschworen. Mit Entsetzen merkte sie, wie sie völlig erkaltete und das Ende nur hinauszögerte, weil sie Angst hatte vor Beschimpfung, vor Einsamkeit. An einem Frühlingsabend fand sie den Mut, es ihm zu sagen. Er krümmte sich auf dem Küchenstuhl zusammen in hilfloser Pein. Dann geriet er in Wut. Sie stopfte den seidenen Morgenmantel, den er ihr aus dem Schlafzimmer zuwarf, in ihre Handtasche und verschwand aus seiner Wohnung. Auf dem Heimweg war sie wie berauscht. Dieser Frühling! Diese Verheißung!

In der Nacht hatte sie den dringenden Wunsch, ihn

anzurufen, zu ihm zu fahren. Sie überwand sich und gab dieser Regung nicht nach. Am nächsten Morgen hatte sie die ganze Geschichte bereits vergessen, so tief vergessen, daß sie darüber erschrak. Viel später fiel ihr ein, was ihr Gefühl so über Gebühr strapaziert hatte. Es war nicht die Reise, auf der sie sich *entliebte*, wie ihr der Frauenjäger vorwarf. Es war nicht die räumliche Trennung, sondern die Tatsache, daß sie vier Wochen lang Hingabe gespielt hatte ohne Liebe. Sie war verliebt gewesen ohne Liebe, und nach sechs Wochen war die Geschichte aus ihrem Gedächtnis getilgt.«

»Und er?« wollte ich wissen, als Atala schwieg.

»Nun, er – bei all seiner Häuslichkeit war er ja ein Frauenjäger«, sagte Atala. »Er nahm die Sache sportlich. Sehr wenig Beschimpfung. Nur ein beleidigter Anruf. Danach war schon Ruhe.«

Wir rauchten schweigend. Nie wird ein Mensch vom andern wissen, ob dieser ihn wirklich liebt, wie sehr, wie lange. Möglicherweise liebte nun der Frauenjäger die verschwundene Atala noch mindestens sechs Monate verzweifelt weiter, wie Anna ihren Schauspieler.

»Unmöglich«, sagte Atala. »Dafür war er doch nicht der Typ.«

»Aber am Anfang?« wollte ich wissen. »Nehmen wir an, die Reise hätte gleich zu Beginn stattgefunden – noch bevor die beiden etwas miteinander hatten. Hätte sich Atala dann auch entliebt? Ohne ihn wenigstens einmal gehabt zu haben?«

»Das soll vorkommen«, sagte Atala nachdenklich. »Es gibt Euphorien, die fallen nach ein paar Tagen sang- und klanglos in sich zusammen, und das ehemalige Objekt der Begierde wird einem ganz verhaßt. Nicht immer kann man sagen, woran es liegt. Manchmal liegt es auf der Hand: Der Angebetete schreibt einen kitschigen Brief – zum Beispiel. Häufig genügt *ein* falscher Ton, und alles ist aus, noch vor dem Beginn. Der Frauenjäger selbst erzählte mir zu diesem Thema eine merkwürdige Geschichte. Die Frau seines Lebens – so nannte er sie – kam eines Tages endlich zu ihm. Sie zog sich nach der langen Reise aus und nahm ein Bad. Sie war wie eine Königin. Der völlig verblendete Frauenjäger griff nach ihr ins Schaumwasser und vergaß, die Uhr vorher abzunehmen – so sehr beherrschte ihn die Leidenschaft. Endlich stieg die Göttin aus dem Bad. Und innerhalb von zwei Minuten gelang es ihr, den armen Frauenjäger zu neutralisieren. Wodurch? Auf dem Weg ins Schlafzimmer tat sie zwei Dinge, die ihm verhaßt waren. Sie stellte seine Schuhe in Reih und Glied und legte eine Platte mit Barockmusik auf.«

»Da konnte er nicht mehr?«

»Da wollte er nicht mehr. Aber hören Sie weiter. Nach meiner Affäre mit Frauenjäger Anton war ich so durch und durch erkaltet, daß ich nicht einmal mehr Sehnsucht hatte nach der Sehnsucht, nach Liebe oder Wärme. Gleichzeitig schien es, als hätte ich durch Zufall den Schlüssel zu einem gewaltigen Erfolg gefunden. Ich wollte nichts mehr, das war die Lösung. Wer nichts mehr will, bekommt alles. Aber die, die einmal gezeigt haben, daß sie etwas wollen, bekommen nichts.

Ich trieb meine Studien, kühl bis ans Herz, das mich jetzt endlich in Ruhe ließ. Und ich erfuhr: Bei manchen

Männern wirkt es, wenn man nur dasitzt in Gesellschaft und große Augen macht. Nicht sprechen. Nichts reden! Dann werden sie ganz wild. Ausdrucksvolle Augen, bewunderndes Mienenspiel, verheißungsvolles Lächeln. Das genügt. Bei andern wirkt es, wenn man übertrieben hüftschwenkend die Treppen hinaufgeht. Bei wieder andern sagt man: Ach, ich bewundere Sie dafür, daß Sie... etc. etc. All das studierte ich. Diese Art von Wissenschaft ist ungewöhnlich überschaubar.

Ich praktizierte sie an alten Hofräten, jungen Ärzten, Ehemännern, Freunden von Freundinnen, Ehrengästen, Berufskollegen. Glauben Sie mir: Sie funktionierte immer. Um Männer sehr zu beeindrucken, muß man im Grund nichts weiter tun als schweigen und lächeln.«

»Das heißt«, unterbrach ich Atala, »Sie wurden selbst eine Männerjägerin – so wie Ihr Exmann Gabor ein Frauenheld.«

»Aber nein«, sagte Atala höchst erstaunt. »Mir lag ja gar nichts an den Männern.«

»Ihrem Exmann Gabor liegt genaugenommen auch nichts an den Frauen.«

»Aber mir noch viel weniger«, sagte Atala. »Ich habe nicht einmal Lust, die Opfer zu verspeisen. Es genügt mir vollständig, sie jemandem abspenstig zu machen. Ich nehme dies als Zeichen von Erfolg und Macht. Um so mehr, als ich bei all diesen Vorgängen vollkommen passiv bleibe. Nur ein scharfsichtiger Psychologe wäre in der Lage, mir nachzuweisen, welche Rolle ich spiele. Natürlich merken es die betroffenen Frauen, dank ihrer Intuition – sie hassen mich dafür, mit einem hilflosen Haß, der mich noch immer sehr erheitert.«

Wie merkwürdig, dachte ich. Also Pauls Krankheit hat nicht nur Gabor, sondern auch Atala selbst gepackt – in verschärfter Form. Laut fragte ich: »Und? Was geschieht mit all den Verführten und Nicht-Verspeisten?«

»Die überlasse ich sich selbst«, sagte Atala lächelnd, »oder auch anderen. Wenn Sie wollen, erzähle ich Ihnen ein Beispiel.«

»Da hätte ich nichts dagegen«, sagte ich.

»Es sind die scheinbar Perfekten, die mich besonders reizen«, begann Atala. »Die jungen Ehepaare, die im Winter zum Skiurlaub fahren und im Sommer nach Sardinien, die mittwochs zum Squash, donnerstags in die Sauna und am Wochenende zu Grillparties gehen. Sowie sie Kinder haben, kommt noch eine Anzahl Schul-, Sport- und Gemeindefeste hinzu.

Unter den Kunden unserer Agentur war ein solches Paar. Sie: blond und sportlich, er: braun und sportlich, beide vom Schicksal mit den gleichen Namen bedacht – Albert und Albertine. Sie waren seit ein paar Jahren verheiratet und hatten gewisse Ansprüche an das Leben. Ihr Vater war ein Fabrikant (für den wir arbeiteten) – und seiner war, wenn schon nicht reich, so doch ein renommierter Festspielregisseur. Ganz kleine Abweichungen gab es in der Symmetrie von Albert und Albertine. Denn sie war Lehrerin, mit ihrer Ausbildung schon lange fertig, während Albert ein langes Studium soeben abgeschlossen und seine Promotion begonnen hatte. Außerdem war er Gemeinderat. All dies ließ ihn später auf eine schöne, lukrative Karriere hoffen, und um die Zukunft nicht zu gefährden, hatten die beiden vorläufig auf Kinder verzichtet.

Albert rauchte viel und ging nachmittags, wenn Albertine korrigierte, zum Tennisspielen. Albertine eilte morgens in die Schule, um mittags in der von ihren Eltern perfekt gestylten Einbauküche zu kochen. Sie war die geborene Hausfrau. Ich saß oft bei ihr und schaute ihr zu, während sie mir von ihren Zukunftsträumen erzählte.

Alberts Promotion machte Fortschritte, und Albertine begann mehr oder weniger verstohlen, sich in die Babyliteratur einzulesen. Sie freute sich auf den Lebensabschnitt ›nach der Promotion‹, der langsam näherrückte. Endlich wäre der Druck weg, der immer noch auf Albert lastete, das Leben würde unglaublich heiter, mit noch mehr Festen, Feiern und Grillparties, aber vor allem – mit einem eigenen Kind.

Inzwischen tat ich eigentlich gar nichts. Mit Albertine redete ich in der Küche, und wenn Albert dazukam, schwieg ich und lächelte. Dies trug mir die unverdiente Wertschätzung des lieben Albert ein. Albertine zeigte winzige Spuren von Nervosität, aber warum sollte ein Mann nicht die Freundin seiner Frau hochachten und wertschätzen.

Die Geschichte trat in ein anderes Stadium ein, als Albert darauf bestand, seine Gäste – das heißt mich – im Wohnzimmer zu bewirten. Albertine schleppte ihre Snacks und Drinks nun aus der Küche zum Couchtisch hinüber. Albert saß ganz entspannt im tiefen Sessel und sprach mit mir über Politik. Das heißt, er sprach *zu* mir, denn meine Antworten beschränkten sich auf Ausrufe wie *Wirklich? Tatsächlich!*

Erstaunlich... Wie merkwürdig! Falls ganze Sätze von mir erwartet wurden, begann ich grundsätzlich mit den Worten: *Ich bewundere Sie dafür, daß...*

Allmählich stiegen Alberts intellektuelle Ansprüche. Nicht ins Unermeßliche. Hauptsätze genügten; nur keine Vorträge. Aber die Hauptsätze mußten etwas Entscheidendes haben, etwas Einfaches und Überzeugendes. Ich glaube, daß ich in all den Wochen auf der Couchgarnitur insgesamt weniger Bewegungen ausgeführt habe als Albertine an einem einzigen Schulvormittag. Was Männer wirklich gern haben, ist Ruhe. Ich kannte einen Mann, der seine Frau verließ, weil sie es einfach nicht lassen konnte, in seiner Anwesenheit staubzusaugen; ein anderer Mann faßte den Entschluß zur Ehe, als seine Freundin erzählte, sie sei Mitglied einer Sekte, die Elektrogeräte aus weltanschaulichen Gründen ablehne – vor allem Staubsauger.

Je ruhiger ich dasaß, desto nervöser wurde Albertine. Ich glaube, daß sie sogar anfing staubzusaugen. Sie wirbelte durchs Haus, das sie so wunderbar in Ordnung hielt, tat hundert unnötige Sachen und störte uns sehr.

Albert, der langsam in das Stadium der Seufzer und der großen hungrigen Augen trat, hatte in der Nähe einen verheirateten Bruder, und dieser Bruder wiederum brachte eines Abends ein Paar mit, das neu in der Gegend war. Es handelte sich um einen gut verdienenden Elektromonteur namens Ernst und um Dolores, eine stellungslose Psychologin. Von Anfang an hatte ich Dolores im Verdacht, nicht wirklich auf Arbeit aus zu sein; sie hätte in ihrem Beruf ein Dutzend Stellen finden können. Sie trug weite indische Gewänder und legte muffiges Betragen an den Tag. Ihr

Gesicht war breit, mit hohen Backenknochen. Sie hatte etwas von einer Kröte.

Unsere lichtblonde schlanke Albertine mit den ängstlichen blauen Augen war erleichtert. Die Sofarunde war jetzt größer geworden, die akute Gefahr, die von mir ausging, schien gebannt. Mit doppeltem Eifer schleppte sie Brötchen und Kracker, leckere Soßen, Papierservietten und Spießchen. Sie war perfekt. Dolores hatte graubraune Augen, wenn ich mich richtig erinnere. Sie funktionierten wie kleine Monitore. Alles las man auf ihnen ab. Dolores erfaßte unsere Situation sofort. Als Albert wieder einmal seufzte, fing ich einen anerkennenden Blick von ihr auf. Ich las auf ihren Bildschirmen aber auch, was sie als Kommentar zu dieser Situation parat hatte. Ihr stummer Rat an Albertine hieß: aufhören. Sofort. Wenn du noch etwas retten willst, hör auf. Fahr weg. Schmeiß die Weingläser in den Kamin. Leg deine Vernunft ab. Sonst fürchte ich das Schlimmste. Ihr Kommentar an mich bestand in einer Frage: Was willst du, und warum?

Dies alles war sehr amüsant. Ich vermied es, Dolores' stumme Frage eindeutig zu beantworten. Ich signalisierte nichts, aber für eine erfahrene Psychologin ist auch das ein Signal. Dies begriff ich, als sich Dolores eines Abends nach einer kleinen Szene zufrieden in ihrem Sessel zurücklehnte und lächelte.

Und dann ging alles seinen Gang.

Alberts Liebeserklärung traf mich nach einer der unvermeidlichen Grillparties auf dem Rasen vor seinem Haus. ›Mit dir möchte ich leben‹, sagte er und sah aus wie ein wehmütiger Seehund. Ich tat sehr überrascht. ›Bist du verrückt? Und Albertine?‹ Schlagartig erlosch jedes Interesse, das ich an dieser Sache vielleicht gehabt hatte. Das Paßwort war gesprochen. In seiner Verzweiflung machte Albert deutlich, daß er bereit sei, seine Frau sofort und für immer zu verlassen. Ich sagte ihm, daß ich eine Nacht darüber schlafen müsse und ihm dann Bescheid geben würde. Es tat mir wohl, auf diese Art mit Menschen zu spielen. Welch ein herrliches Gefühl, sich selbst ganz und gar außer Gefahr zu wissen.

Der allessehenden Dolores war unser Dramolett nicht verborgen geblieben. Ihr Interesse daran führte ich auf folgendes Motiv zurück: Sie selbst war an Albert interessiert. Ihr guter Ernst war brav, aber eigentlich nichts für sie. In einer Aufwallung von Großzügigkeit beschloß ich, ihr Albert zu schenken. Auch weil ich sonst mit ihm nichts mehr anfangen konnte – wie der Untersuchungsrichter mit dem Delinquenten, der gestanden hat.

Am andern Tag hielt ich Albert eine lange Predigt über die eheliche Treue. Er hatte von mir noch nie so viele zusammenhängende Hauptsätze gehört und starrte mich fassungslos an. ›Aber du selbst hast mich doch ermuntert‹, sagte er kopfschüttelnd. ›So?‹ fragte ich zurück. ›Wie denn?‹ Albert zerbrach sich den Kopf, konnte aber nichts Konkretes finden – keinen einzigen Beweis. Ungläubig schaute er mich an. Klar und deutlich stand die Frage auf seiner Stirn geschrieben: Hast du absichtlich dieses Spiel mit mir getrieben? Zum Glück sprach er die Frage nicht aus. Denn was hätte ich antworten sollen? Ja? Es hat mir Spaß gemacht?

Soviel Mut hatte ich nicht. Ich beschloß, nicht mehr zu

Albert und Albertine zu gehen, und überließ Dolores das Feld. Von Ernst, diesem pfennigguten Kerl, hörte ich das Ende der Geschichte. Der hypernervöse, schlanke, rauchende Albert fand in der muffigen, trägen Dolores eine ideale Zuhörerin. Fäden begannen sich zu spinnen – sie wußte ja, wie man es machte –, während Ernst und Albertine verschreckt dabeisaßen und nicht wußten, was sie davon nun wieder halten sollten. Ritterlich begann Ernst, Albertine beim Aufräumen zu helfen, während Dolores ab und zu einen Satz über makrobiotische Ernährung fallen ließ. Albert sprach viel über die Probleme seiner Doktorarbeit. Es schien, daß Dolores ihn verstand und ihm helfen konnte.

Schließlich saßen Ernst und Albertine nervös in der Küche, während sich Albert und Dolores träge und glücklich in der Sofaecke lümmelten. Sie betrieben ihr Koppelungsmanöver ohne erkennbare Skrupel. Am Tag seines Rigorosums verließ Albert Albertine unter Mitnahme der halben Wohnung, die ihm gar nicht gehörte. Kurz zuvor hatte er auf einer Grillparty in größerer Runde scherzhaft geäußert: ›Mit einer Frau wie Dolores möchte ich leben!‹ Dabei hatte er den Arm um Dolores' indisch gewandete Schultern gelegt, und Dolores hatte einverständlich gelächelt, während Albertine und Ernst aschgrau am Rasenrand standen. Albert gewöhnte sich in der Folge das Rauchen ab, machte Karriere und ernährte Dolores eine Zeitlang makrobiotisch. Dann entdeckten die zwei einen Delikatessenladen, der auch ins Haus lieferte. Dolores fing endlich an zu arbeiten. Sie heirateten und wurden glücklich.«

»Und Albertine?«

Atala lachte. »Oh, Albertine war so tapfer. Sie machte einen Liebesversuch mit Ernst, fuhr sogar mit ihm in Urlaub – aber bei all dem ging es ihr ausschließlich um Albert. Den ganzen Urlaub, vierzehn Tage lang an einem tunesischen Strand, schwärmte sie dem armen Ernst nur von Albert vor – von seinem schönen Ehrgeiz, seiner Zielstrebigkeit, seiner Zähigkeit, seinen kleinen Vorlieben, Bewegungen, Berührungen, kurz, sie vergötterte ihn mehr denn je und hob ihn einfach auf ein Piedestal. Albertine ist eine Heilige. Sie gehört zu den schlichten Gemütern, die immer nur einen Herrn in der Seele haben. Jede Versuchung macht sie stärker.«

Die Heilige

Albertine, die Verlassene, sammelt unerwiderte Lieben

»Wir verdanken der amerikanischen Wissenschaft viel«, sagte Albertine kopfschüttelnd zu mir. »Es soll Menschen geben, die mit dem Liebeswahn niemals in Berührung kommen. Warum – das weiß man nicht. Wie ruhig muß ihr Leben sein. Man schätzt ihren Anteil an der Bevölkerung auf ein knappes Viertel.«

Wir saßen in ihrer perfekten Wohnung. Auf dem schwarzglänzenden Flügel standen Dutzende kleiner ägyptischer Statuen.

»Aber die andern«, sagte Albertine, »– wie in einem Kaleidoskop erleben sie das Muster in immer neuen Variationen. Sterben sie, fährt der träumerische Geist in ihre Kinder. Er wechselt die Gestalt wie der Mond. Er macht seine Anhänger glücklich, aber auch unglücklich.«

Sie hatte die Grazie eines verwelkten schönen Jünglings. Ihre Augen flatterten. Wer sie ansah, wußte, daß sich in ihr nichts geändert hatte. Atala hatte mich gewarnt, als sie mir ihre Adresse gab. *Von Albertine werden Sie nichts hören, was Sie nicht schon lange wissen.* Während ich über diesen Satz nachdachte, sah ich, wie Albertine erzählte. Sie bewegte ihre Hände. Sie runzelte die Stirn.

»Diese Frau«, hörte ich sie plötzlich sagen, »kam jedenfalls wie ein Dämon in unser Leben: *Dolores!* Ich weiß es noch, als wäre es erst gestern gewesen. Sie hat Albert behext. Bevor sie kam, waren wir vollkommen glücklich. Ausgerechnet diese dicke indische Kröte hat mir meinen Mann weggenommen. Ich möchte nicht altmodisch wirken, aber in früheren Zeiten hätte ich die Scheidung verweigert. Ich weiß, daß er wieder zu mir zurückkommen wird. Wenn er zurückkommt, bin ich für ihn da.«

Ihre Augen flatterten. Sie hatte die Grazie eines verwelkten Jünglings.

»Haben Sie *diese Person* einmal gesehen?« erkundigte sie sich neugierig bei mir. »Diese Dolores? Nicht? Schade. Sie paßt überhaupt nicht zu ihm. Das sagen alle. Nur sie selbst scheinen es nicht zu merken.«

»Albertine!« sagte ich. »Diese Geschichte ist fünfzehn oder zwanzig Jahre her.«

»Ja – und?« fragte sie unruhig. Ihre Augen hörten einen winzigen Moment auf zu flattern. Sie fixierte mich über den Teetisch hinweg.

»Soviel ich weiß, sind die beiden noch immer zusammen und sogar glücklich«, fuhr ich unerbittlich fort.

»Weder beweist dies irgend etwas noch rechtfertigt es etwas«, sagte Albertine und sah mich aufmerksam an. »Aber Sie sind wahrscheinlich jünger als ich. Vermutlich gehören Sie auch zu den Menschen, die die Liebe als einen Teil dessen betrachten, was man heute das *Geschäft des Lebens* nennt. Liebe soll erfolgreich sein, angenehm und nützlich, und natürlich erwidert werden. Mit sechzehn Jahren verfügt ein Mädchen heute über mehr Technik, eine unpassende Liebe in sich abzutöten als in sich zu entwickeln. Alles soll sich nach Angebot und Nachfrage richten. Alle fürchten – auch Sie –, sich mit einer einseitigen Liebe lächerlich zu machen.«

»Das ist richtig«, sagte ich.

»Und trotzdem gibt es etwas, woran die Zeit vergeblich nagt.«

»Und das wäre?«

»Ich stelle mir eine Frau vor«, sagte Albertine, »die aufopfernd einen einzigen Mann liebt, den sie nicht bekommen kann. Sie wendet sich von der Welt ab, isoliert sich, schaut keinen mehr an – oder doch, sie schaut –, aber sie sieht nur, daß keiner ihrem Geliebten gleichkommt. Eine Frau, die nach zehn Jahren bei der Erwähnung dieses Mannes noch immer Herzklopfen bekommt, die nicht mehr weiß, wie er jetzt aussieht, aber seine Stimme noch im Ohr hat, weil diese Stimme ihr vor langer Zeit etwas Entscheidendes gesagt hat; die sich nach zwanzig Jahren noch immer weigert, sich mit der Frau auszusöhnen, die ihr den Mann weggenommen hat – und der die Tränen kommen, wenn sie durch Zufall den Namen ihres Abgotts in der Zeitung liest. Ich stelle mir diese Frau vor und frage mich, ob ihr Leben arm oder reich ist.«

»Und ich stelle mir diese Frau vor und frage mich, ob es sie gibt«, sagte ich.

In Albertines Wangen stieg eine leichte ärgerliche Röte.

»Natürlich gibt es diese Frau«, sagte sie. »Ich werde Ihnen etwas zeigen.«

Sie ging zu ihrer Schrankwand und nahm einen Ordner heraus.

»Meine Familie«, sagte sie und strich über das Inhaltsverzeichnis.

Maria Alcoforada, las ich, *Donna Elvira, Hilde Wangel, Leutnant Burda, Carmela Piacentini* und *Die Unbekannte von Euskirchen.*

»Es sind die starken Naturen, die jahrelang an einer Liebe tragen, ohne sie aufzugeben«, sagte Albertine. »Sie ermutigen sich selbst. Sie leben vom Traum. Ich weiß, wie Sie sie nennen würden – die Verlassenen, Betrogenen, die Sich-Betrügenden. Das Schicksal hat ihnen die Gabe verliehen, sich mit einem Menschen ganz auszufüllen.«

Carmela Piacentini, las ich, 28 Jahre, verfolgte ihren Philosophieprofessor drei Jahre lang mit Liebesangeboten. Sie belagerte seine Wohnung vor jedem *weekend.* Vor drei Wochen kam es zu einem Zwischenfall. Die Studentin wehrte sich heftig gegen die vom Dozenten zum achtzigstenmal herbeigerufene Polizei und ohrfeigte einen Brigadiere. »Ich wollte niemanden verletzen«, sagte sie vor Gericht. »Ich habe nur auf ihn gewartet.« Das Gericht erkannte auf viereinhalb Monate mit Bewährung (der Staatsanwalt hatte sieben gefordert) wegen Beamtenbeleidigung und Erregung öffentlichen Ärgernisses. Die Studentin wurde wieder auf freien Fuß gesetzt.

»Ach, du liebe Zeit«, sagte ich. »Von solchen Geschichten kenne ich auch noch ein paar.«

»Wirklich?« fragte Albertine entzückt. Ihre blauen Augen bekamen einen grünlichen Schimmer. »Erzählen Sie doch. Ich werde mir Notizen machen.«

»Sie meinen diese armen, verrückten Geschöpfe«, sagte ich, »die, wie eine Studienkollegin von mir, eine Engländerin mit einer Schmetterlingsbrille, semesterlang vor der

Tür eines Assistenten sitzen und ihm zulächeln, wenn er zur Tür herauskommt oder hineingeht.«

»Ja, genau die«, sagte Albertine glücklich.

»Sie gehen in jede Übung und in jedes Proseminar ihres Angebeteten und verlassen seine Sprechstunde erst nach dreimaliger Aufforderung.«

»Was passierte mit der Engländerin?« fragte Albertine gierig.

»Fragen Sie lieber: Was passierte mit dem Assistenten? Niemand wußte, daß die verrückte Miss eine Leidenschaft für ihn entwickelt hatte. Man hielt sie nur für eifrig und etwas lästig. Eines Tages ohrfeigte sie ihn auf der Hauptstraße.«

»Oh, warum?« fragte Albertine animiert.

»Ja, dasselbe fragte sich der Assistent. Die Dame hatte ihn zu einem Kaffee eingeladen. Auf sein höfliches ›Danke, ich habe eine Verabredung‹ knallte es plötzlich. Er kam mit einer hochroten Backe ins Seminar.«

»Aber es war ihm nicht unangenehm?« forschte Albertine.

»Der arme Mann war völlig aus dem Häuschen. Aber es stimmt – ganz unangenehm war es ihm nicht. Er fühlte sich irgendwie ausgezeichnet. ›Die arme Irre‹, sagte er immer wieder.«

»Da sehen Sie«, sagte Albertine triumphierend. »Ich werde Ihnen einen Fall vorlegen, der kürzlich durch die Zeitungen ging.«

Sie stand auf, blätterte in ihrem Ordner und entnahm ihm einen längeren Artikel. Die Überschrift hieß: *Ungeahnte Liebe in Euskirchen.*

»Die Zeitungen waren diskret«, begann Albertine, »sie gaben nur die Initialen an. Ich nenne sie deshalb die Unbekannte. J. kann Julia heißen oder auch Jadwiga. Das bleibt sich gleich. Die Unbekannte verliebte sich mit vierzehn Jahren in ihren Lehrer. Das ist nichts Ungewöhnliches. Ungewöhnlich ist nur, daß sie damit nicht wieder aufhörte. Als es zur Gerichtsverhandlung kam, war die Unbekannte achtundzwanzig Jahre alt. Das bedeutet: nicht weniger als vierzehn Jahre Liebe. Sie liebte und glaubte, wiedergeliebt zu werden, ein komplexes Netz von Zeichen zu ihren Gunsten deutend – ganz so, als habe ihr Angebeteter nicht sprechen gelernt.

Dem Schweigenden gilt meine Sympathie – dieser Satz stand tatsächlich in einem der Briefchen, die sie ihrem Lehrer in den Briefkasten warf. Für ihre wunderbaren fernen Gefühle war das Schweigen wichtig. Mehr noch, sie kannte nichts anderes. Als ihr Geliebter vor Gericht den Mund aufmachte und zu Protokoll gab, er habe sie nie geliebt, nie ermuntert, fiel die Unbekannte in Ohnmacht.

Das Gericht war ein genaues Gericht, wie ich finde. ›Sie haben ihr vor zwölf Jahren Nachhilfeunterricht gegeben‹, forschte man nach. ›Haben Sie da nicht mit ihr geflirtet?‹ – ›Niemals.‹ – ›Sie haben auf dem Abschlußball mit ihr getanzt.‹ – ›Ich tanze mit allen Schülerinnen.‹ – ›Sie haben Geschenke von ihr angenommen.‹ – ›Nur anfangs. Ich wollte sie nicht kränken.‹ – ›Die Eltern Ihrer Schülerin haben ihrer Tochter eine Eigentumswohnung gekauft, gegenüber von Ihrem Haus. Kam Ihnen da kein Verdacht?‹ – ›Ich habe mich mit meiner Frau besprochen. Wir waren ratlos. Was sollten wir tun?‹

Und so weiter, und so weiter. Vierzehn Jahre *verfolgte* die Unbekannte von Euskirchen ihren Lehrer mit Aufmerksamkeiten und Geschenken, wie die Formulierung lautete. Aber wenn man bedenkt, daß das Jahr dreihundertundfünfundsechzig Abende hat, dann erscheinen ihre wöchentlichen oder monatlichen Handlungen bescheiden, ja zurückhaltend.

Natürlich nicht für die Zeitungen oder für die Frau des Lehrers. Heutzutage erklärt man einen Menschen bereits für verrückt, der einem anderen aus Liebe mehr als nur einen Gefallen tut – nicht wahr?

Der Lehrer – vielleicht haßte er unsere Unbekannte nicht geradezu. Vielleicht war sie ihm ein klein wenig sympathisch. Nehmen wir an, es gingen private Gespräche voraus. Schau her, ich liebe dich nicht. Laß es sein. Such dir einen andern. Ein so hübsches Mädchen wie du! – Daraufhin geht sie nach Hause und jubiliert: Er findet mich hübsch! Er hat gesagt, ich bin hübsch. Wochenlang lebt sie von diesem Satz. Danach lebt sie viele Wochen von einem weiteren Satz. Von einem Gruß, einem Blick. Und von der Erinnerung: Er hat doch selbst gesagt, ich bin hübsch.

Natürlich wechseln ruhige Phasen mit aggressiven. Die Unbekannte ist keine Heilige. Alles, was der Lehrer einmal geduldet hat, wird schnell zu einem persönlichen Gewohnheitsrecht. Eine Zeitlang hat er ihre Briefe angenommen. Warum dann nicht immer? Daß er niemals antwortete – sie kann es ihm nicht übelnehmen. *Dem Schweigenden gilt meine Sympathie.* Aber daß er ihr plötzlich vom Anwalt einen Brief schicken läßt, der ihr das Briefeschreiben verbieten will – das ist Verrat. Sie muß mit ihm reden. Sie paßt ihn ab. Der Mann erschrickt. Geht rückwärts die Treppe wieder hinauf. Und nach vierzehn Jahren klagt er auf Unterlassung. Er sei glücklich verheiratet, sagt er vor Gericht. Er wünsche, in Ruhe gelassen zu werden. Darauf habe er ein Recht.«

»Aber warum erst nach vierzehn Jahren?«

»Woher hätte die Unbekannte wissen sollen, daß ihre Geschichte *diesen* Verlauf nehmen würde? Isabella Burton, die Frau des berühmten Forschungsreisenden, wartete über zehn Jahre, bis der Mann ihres Lebens sie heiratete und mitnahm. Ricarda Huch bekam den Mann ihres Lebens erst nach mehr als fünfzehn Jahren. Er mußte sich zuvor von ihrer Schwester scheiden lassen. Man kann der Unbekannten keinen Vorwurf machen für ihre Beständigkeit. Aber die Zeitungen gefallen sich in diesem höhnisch-erstaunten Ton. Das ist kein Wunder.

Die Liebe einer Santuzza ist nicht mehr gefragt. Wessen Gefühl nicht willkommen ist, der hat im Grunde gar kein Anrecht darauf. Es soll verschwinden und neuen, passenderen Gefühlen Platz machen.

Die Unbekannte wurde dazu verurteilt, jeden Kontakt mit dem Lehrer zu unterlassen. Was ist das nun für ein Gefühl in unserer erfolgssüchtigen Zeit, vom erfolglos Geliebten vor Gericht gezerrt zu werden? Auf Liebesunterlassung verklagt zu werden?

Um mich für diesen süffisanten Ton zu rächen, den die Zeitungen in diesen Fällen anschlagen, stelle ich mir vor, daß der Euskirchener Lehrer sich ausgerechnet dann in die Unbekannte verliebte, als der Richter das Urteil verkündete und die Summe nannte, die bei Zuwiderhandlung von der

Unbekannten bezahlt werden müßte. Jetzt ist der Lehrer geschmeichelt. Über die Fernschreiber läuft seine Geschichte, wenn auch nur unter der Rubrik *Vermischtes.* Mit dem Urteil hat der Richter das notwendige Hindernis aufgebaut. Er darf keinen Kontakt mehr mit ihr haben. Kurz, er verliebt sich. Die schöne Unbekannte geht ihm nicht mehr aus dem Sinn. Er sieht sie wieder ohnmächtig auf dem Holzfußboden liegen. ›Woran denkst du?‹ fragt seine Frau gegen Abend beunruhigt. ›Doch nicht etwa an diese Ziege, die auch noch so theatralisch in Ohnmacht fiel?‹ – Genau an diese Ziege denkt er. Er ist gerührt. Soviel hat sie für ihn getan. Er müßte ihr irgendwie danken. Vielleicht einen Brief schreiben? *Liebe Unbekannte*, beginnt er. *Sie werden sich vielleicht wundern, daß ich Ihnen schreibe*...«

»Unmöglich«, sagte ich zu Albertine. »Das steht hier auch nicht drin. Im Gegenteil, er war bestimmt froh, sie endlich los zu sein. Wenn man einmal feststellt, daß man jemanden nicht liebt – oder nicht mehr liebt –, dann ruft dessen fortgesetzter Wunsch nach Liebe nur Ärger und Abscheu hervor. Dieser Mensch kommt einem dann vor wie ein lästiges Insekt.«

»In Zeitungen steht niemals das Wirkliche«, sagte Albertine.

»Und doch haben Sie hier ein ganzes Zeitungsdossier angelegt«, sagte ich. »*Genofeva, Libussa, Der Baumeister des Tamerlan.* Der Baumeister des Tamerlan? Wer ist denn das?«

»Diese Geschichte kennen Sie auch nicht?« sagte Albertine erstaunt. »Es ist eigentlich die Geschichte der Bibe-Khanum, also der Frau des Tamerlan, und erklärt, warum die orientalischen Frauen verschleiert gehen.«

»Nie gehört«, sagte ich.

Albertine seufzte. »Der Baumeister«, sagte sie, »war ein wirklicher Meister. Man konnte ihm nichts befehlen. Wenn man etwas von ihm wollte, mußte man ihn darum bitten. Eines Tages beschloß Tamerlan den Bau einer großen Moschee in Tiflis. Er ging zu seinem Baumeister und fragte ihn, ob er den Auftrag übernehmen wolle. ›Das Honorar‹, sagte er mit einer großspurigen Handbewegung, ›bestimme du selbst. Du weißt, wie reich ich bin.‹ – Der Baumeister besann sich. ›Gut‹, sagte er. ›Mein Honorar wäre dieses: Wenn die Moschee fertig ist, gestatte mir, deine Frau zu küssen.‹ – Tamerlan fuhr auf. Er wurde wütend und dachte bereits an allerlei Strafmaßnahmen: Pfählen, Rösten, Vierteilen des frechen Baumeisters etc. – Da setzte der Baumeister hinzu: ›Ich wünsche einen Kuß auf die Wange, sonst nichts.‹ – Nun wurde Tamerlan, ein in Wirklichkeit schwacher Charakter, schwankend. Ein Kuß auf die Wange war eigentlich nichts im Verhältnis zu zehn Jahren schwerer Arbeit an einer Moschee. ›Also gut‹, sagte Tamerlan zum Baumeister. ›Du bekommst dein Honorar. Aber wieder nur unter einer Bedingung. Nämlich, daß du darüber schweigst wie das Grab. Erzählst du vorher oder nachher irgend jemandem davon, dann werde ich dich pfählen, rösten und vierteilen.‹

Die beiden wurden sich einig. Der Baumeister begann. Es wurde die prächtigste Moschee, die die Welt je gesehen hatte. Der Baumeister opferte sein eigenes Vermögen. Man sagt, daß er den Bau verschleppte, um sich an die Vorstellung des Kusses zu gewöhnen. Nach zehn Jahren war er nur noch ein Schatten seiner selbst. Aber die Moschee war fertig. – Es kam der Tag des Honorars. Man führte den Baumeister in den Palast. In einem geheimen Zimmer neben Tamerlans Saal wartete Bibe-Khanum. Sie war ahnungslos. Tamerlan führte den Baumeister zu ihr. Niemand sonst war anwesend. Der Baumeister verneigte sich vor ihr. In seinen Augen las sie die ganze Geschichte. Er trat vor und küßte sie auf die Wange. Bibe-Khanum schrie auf. Der Kuß hatte ein Loch in ihre Wange gesengt, ein glimmendes Brandmal, das sie schnell mit einer Hand verdeckte. Mit der anderen nestelte sie einen Schleier vom Gürtel und band ihn mit gesenktem Blick vors Gesicht. Sie wollte vermeiden, daß der Baumeister getötet wurde. Von da an ging sie verschleiert – immer. Niemand merkte etwas, Tamerlan schon gar nicht. Frauen, die angstvoll aufschrien, zu Boden schauten und sich nach Laune verhüllten, waren ihm schließlich nichts Unbekanntes. Die Wunde vernarbte. Die Hofdamen der Bibe-Khanum machten nach, was sie für die neue Mode hielten. Sie tun es bis heute, wie wir alle wissen.«

»Eine sehr schöne Fabel«, sagte ich wenig beeindruckt. »Aber ging es dem Baumeister dabei eigentlich um Bibe-Khanum? Ich glaube nicht. Es ging ihm um den Triumph – um einen Splitter Macht. Der Unbekannten von Euskirchen ebenfalls. Es ging ihr nicht um den glücklich verheirateten Herrn Soundso, sondern – damals – um den Lehrer ihrer Schule.«

»Ach«, sagte Albertine ungerührt, »ich habe Menschen nach Machtsplittern greifen sehen, die wesentlich mehr

Unbeständigkeit zeigten. Aber heutzutage wird ein Mensch nicht bewundert wegen Größe, Schmerzlichkeit und Einseitigkeit seines Affekts, sondern dann, wenn er seinen Gefühlen beliebig die gewünschte Richtung geben kann. Steigern, zurückdrehen, ganz auslöschen – je nachdem, ob sie gerade erwidert werden oder nicht.«

»Das hat seine Gründe«, sagte ich. »Auf der Welt gibt es nichts Schlimmeres als unerwiderte Gefühle.«

»Nicht für den, der fühlt«, sagte Albertine.

»Aber für den, der nichts fühlt«, sagte ich. »Es gibt Menschen, die den Veitstanz bekommen, wenn sie geliebt werden, ohne dieses Gefühl zu erwidern.«

Teure Kompromisse

Albertine erinnert sich an einen bleichen schweren Mann

»Es gibt Fälle, in denen uns ein Verliebter mitzieht«, sagte ich zu Albertine. »Sie sind fürchterlich. Ein passabler, in Frage kommender, schätzenswerter Mensch verliebt sich in uns. Er hat einen einzigen Schönheitsfehler – wir lieben ihn nicht. Definitiv nicht. Von Anfang an nicht. Dafür schätzen wir ihn ja.«

Während ich meine Worte wählte, beobachtete ich Albertine. Welchen Eindruck machten sie auf sie? Möglicherweise gar keinen. Sie saß vor ihrem Flügel mit den kleinen Statuen. Ihre blauen Augen flatterten. War sie nicht doch durch das eine oder andere unheilige Gefühl ein wenig angekränkelt? *Wollte* sie nicht verstehen, daß Liebe nichts anderes ist als Glanz, Zärtlichkeit, Verlogenheit und unmittelbare Nähe?

»Diese schätzenswerten Menschen«, fuhr ich fort, »ermutigen wir unabsichtlich durch einen Anruf oder eine Bemerkung, so daß sie glauben, wir seien gleichfalls in sie verliebt. Sie fassen sich ein Herz und gestehen uns alles. Restlos. Ihr ganzes Gefühl. Und von da an wird alles sehr schwierig.

Natürlich kann man von uns nicht erwarten, daß wir uns *nicht* darüber freuen. Blitzartig gewöhnen wir uns an den Zustand, geliebt zu werden. Was wir schon früher wußten, nämlich welch ein schätzenswerter Mensch dieser Verliebte sei – und wie liebenswert wir selbst –, verstärkt sich, weil er soviel für uns tut. Was für ein *guter* Mensch muß das sein, er ruft uns zweimal täglich an! Wie hingebungsvoll, geduldig, selbstlos und klug er unsre Launen begleitet! Wir bereuen intensiv, ihn nicht lieben zu können, und stellen uns vor, wie praktisch es wäre, ihn doch zu lieben. – Dies alles«, sagte ich zu Albertine, »bezieht sich auf Menschen, die wir gewissermaßen so gut wie beinahe lieben. Ich rede nicht von den lächerlich unpassenden Personen, deren Anträge wir sofort zurückweisen oder verhöhnen.

Seitens des rücksichtslos Verliebten kommen nun die ersten Berührungen. Er stürzt sich in Unkosten. Er reist uns nach. Er will uns küssen. Wir fühlen uns gedrängt, ihm wahrheitsgemäß zu erklären, daß wir ihn schätzen, aber nicht lieben, daß wir ihn achten, aber nicht in ihn verliebt sind. Daß wir ihn bewundern, aber nichts für ihn empfinden – leider.

Der rücksichtslos Verliebte sitzt da wie ein begossener Pudel. Wie? *Nicht* verliebt? Aber wieso verbringen wir soviel Zeit mit ihm? Hören ihn an? Sind wir nicht *doch* ein wenig in ihn verliebt und wollen es nur nicht wahrhaben?

Manch einseitig Verliebter verwandelt sich von diesem Augenblick an in einen Vulkan. Er grummelt wie kurz vor dem drohenden Ausbruch. *Wir* fürchten den Ausbruch, weil wir ihm nicht das Geringste entgegenzusetzen hätten. Er fürchtet den eigenen Ausbruch auch, denn es könnte sein, daß er uns damit endgültig los wird. Zusammen durchleben wir ein Stadium intensiven Gegrummels.

Der Interessenkonflikt bringt uns einander näher. Der

Vasall will im Grunde nur Ruhe und ein wenig Illusion, damit er uns lieben kann. Warum sollten wir ihm die nicht geben? Der Vasall vermittelt uns angenehmste mittelalterliche Gefühle. Wir sind Lehnsherrin geworden. Jedesmal, wenn sich die Situation durch sein Begehren zuspitzt, sagen wir ihm schonungslos, was wir ihm anfangs schon sagten, nämlich daß wir ihn nicht lieben. Hierfür genügt nach einiger Zeit schon ein Kürzel. ›Du weißt doch…‹, ›Ich habe dir immer gesagt…‹ oder: ›Wir haben ein Abkommen!‹

Inzwischen können wir aber fast alles sagen, selbst ›Scher dich zum Teufel‹, ohne dem einseitig Verliebten die Hoffnung zu rauben, er werde eines Tages wiedergeliebt. Wenn nicht gleich, dann später. Zug um Zug verleiten uns unser schlechtes Gewissen, unser Mitleid und unsere Eigenliebe, seine Inszenierung mitzuspielen. Für wenige Stunden oder Minuten am Tag gelingt es, uns einzureden, wir seien doch ein wenig in ihn verliebt; mindestens auf dem Weg dazu. Wir geben seinen Zärtlichkeiten nach. Zwei Stunden später packt uns der Ekel, der schiere Degout. Wir werfen ihn aus der Wohnung – er weiß, daß er morgen wiederkommen darf. In dieser quälenden Zeit sind wir genauso abhängig von ihm wie er von uns. Wir wollen seine Liebe ins Unermeßliche steigern, um einen Grund zu haben, ihr nachzugeben. – Ruft er an einem Abend nicht zur gewohnten Zeit an, tun wir es für ihn. Wir flüstern am Telefon genauso zärtlich wie er, das Telefon ist unverfänglicher, weil wir ihn dabei nicht sehen. Wir leben uns in einzelne Teile seiner Inszenierung ›Liebe‹ ein und spielen sie mit. Wie ich anfangs schon sagte: Der Verliebte zieht uns mit. Der Verliebte fährt in dieser Zeit Achterbahn. Wir teilen fürchterliche Schläge aus in den Momenten, wo uns der Ekel überfällt. Er weiß kaum noch, wo ihm der Kopf steht. Endlich fängt er an, uns zu hassen. Der Glückliche! Haß ist ein ebenso reines Gefühl wie Liebe. *Sie ist ein schlechter Mensch*, denkt er, *weil sie mich so behandelt*. Recht hat er: Das ganze Übel kommt daher, daß wir ihn nicht lieben, aber trotzdem nicht verlieren wollen.«

»Dieses Gefühl kenne ich«, sagte Albertine plötzlich errötend. »Wenn ich Menschen, die von mir Liebe erwarten, nicht liebe, werde ich ganz rabiat. Vor allem kann ich ihnen nicht in die Augen sehen. Ich habe Hunderte von Kilometern auf dem Beifahrersitz verbracht, den Kopf streng nach rechts gedreht, mit Blick auf all die Straßenbäume, Kuhweiden und Kirchen, nur um jemandem nicht in die Augen sehen zu müssen. Das Autoradio lief. Ich weiß heute noch, was gesendet wurde. Bei starker Abneigung steigert sich das Wegschauen derart, daß ich nicht einmal mehr den Schatten des Profils oder die Hand auf dem Lenkrad sehen will. Es ist qualvoll.«

»Natürlich kommt es auch vor«, fuhr Albertine nach einer Pause fort, »daß ein Mensch mich offenbar liebt, der mir nicht gar so verhaßt ist. Dann bin ich dankbar und stolz. Dieser bewußte Mensch ist seriös, sanft, solide, sieht passabel aus, ein wunderbarer Zuhörer. Meine Talente erglänzen. Ich finde mich hinreißend. Alles gerät in Bewegung. Endlich kann ich verstehen, daß man mich liebt, daß man mich geliebt hat. Wenn die Seele tatsächlich sieben Ringe hat, dann fängt der äußerste an zu tanzen und zu wirbeln. Fingerspitzen, Worte, Handtaschen, Gesten – alles springt, gleitet, flattert. Aber vieles fällt auch zu Boden, weil ich mein Gegenüber nicht ansehen kann. Es ist unglaublich, was Augen für Brücken bauen. Entsprechend tief ist der Abgrund, wenn Schuldgefühle unseren Blick zur Seite drängen. An einem einzigen solchen Abend habe ich einmal zerbrochen: eine Sonnenbrille, eine Kontaktlinse, ein Weinglas, eine Puderdose, eine alte Brosche, einen Irisch-Horn-Kamm. Außerdem glitt mir ein grünes Seidentuch von den Schultern und ging in den dunklen Straßen verloren. Der Schaden ging in die Hunderte.«

»Sie reden ja«, sagte ich, »als ob Sie Menschen, die sich selten verlieben, eine Haftpflichtversicherung empfehlen wollten.«

»Das ist auch so«, sagte Albertine. »Kaum betritt man das Haus des Nicht-Geliebten, fallen dort plötzlich Bilder von den Wänden, Stühle bohren sich in Fenster, und Blumenkübel fallen vom Haken. Man wird so zerstörerisch. – An jenem Abend jedenfalls besuchte ich mit einem bleichen schweren Mann, der etwas von einem Elefanten hatte, eine Kindervorstellung. Ich hatte zwei Freikarten und keinen, den ich liebte. – Wir erfuhren an diesem Abend, daß Märchen immer Märchengesetzen folgen. Wir sahen Raketen, Sterne und einen tiefblauen Theaterhimmel. Der Wesir sollte für den König die Sterne zählen und hatte nicht den Mut zu sagen, Majestät, es sind genau eine Million dreihundertundsiebenundzwanzig. Der bleiche schwere Mann saß ganz still im Sessel neben mir. Ich beugte mich zu ihm und sagte: ›Paß auf, gleich kommt einer und sagt: Majestät, es sind genau eine Million dreihundertundsiebenundzwanzig.‹ Richtig, da kam der tolpatschige Hans-guck-in-die-Luft schon auf die Bühne. Er sang, lachte, sagte irgendeine Phantasiezahl, und alle waren ihm dankbar. Die Kinder im Publikum, der Hofstaat, der König, die Prinzessin. Nur der Wesir nicht. Der war ihm böse. Er versuchte, ihn umzubringen, und wurde zur Strafe selbst geköpft.

In der Pause hatte ich bereits verloren oder zerbrochen: das grüne Seidentuch. Die Sonnenbrille. Die Puderdose. Wir gingen nach der Vorstellung noch ein Glas Wein trinken, der Elefant und ich. Mit angestrengten Augen verfolgte der Elefant mein Geflatter. Dunkelrot floß der Wein auf die Tischdecke. Meine alte Brosche knallte beim Haarekämmen auf den Fliesenboden. Der Kamm selbst verhakte sich in den Haaren und verlor drei Zähne.

Der schwere bleiche Mann begleitete mich nach Hause. Es ist vier Uhr nachts, wir sind betrunken. Wir haben nichts Besseres zu tun und spielen so lange vierhändig auf dem Flügel, bis die Kinder in der Nebenwohnung verschlafen an die Wand klopfen. Der bleiche Mann ist willenlos und folgt mir traurig durch die Wohnung. Wir hören den *Maskenball*. Ach, diese Intensität des Gefühls! Ich kann den Elefanten überhaupt nicht mehr ansehen und möchte ihn aus der Wohnung werfen. Der bleiche schwere Mann schläft ein. In *meinem* Nachthemd. Mit Schuldgefühlen gehe ich ins andere Zimmer, mit Herzklopfen steige ich ins Gästebett. Das Zimmer ist mir unvertraut. Knirschend zertrete ich eine Kontaktlinse.

Mit Herzklopfen wache ich wieder auf. Der Elefant ist fort. Ich betrachte den Kamm, die zerbrochene Puderdose, die Brosche – zu Tode betrübt. Tribut für falsches Leben. Der einzige Mensch, dem ich in die Augen sehen könnte, lebt seit vielen Jahren mit einer anderen weit fort von hier.«

»Könnte es sein«, beginne ich – aber Albertine ist noch nicht fertig.

»Mit einer Plötzlichkeit, die mich selbst erschreckt, wird mir alles zuwider«, fährt sie fort. »Ich will mein Leben ändern. Ich bringe Nachthemd und Laken, in denen der bleiche Mann geschlafen hat, in die Wäscherei. Weg damit. Die Vorstellung, ich müßte in dieses Nachthemd schlüpfen, ist unerträglich... schauderhaft... Irgendwo gibt es eine Frau, die ausgerechnet diesen Elefanten bis zur Raserei liebt und nicht bekommt. Warum? Was ist der Sinn dieser Auswahl?«

»Könnte es sein, daß Männer im umgekehrten Fall genauso empfinden?«

»Niemals«, sagte Albertine. »Sie werden von Frauen nie so hartnäckig verfolgt, die das Pech haben, einseitig zu lieben. Also ist der Ekel geringer.«

»Und die Unbekannte aus Euskirchen?«

»Das ist etwas anderes«, sagte Albertine stirnrunzelnd. »Die Unbekannte gehört zu jenen wunderbaren Fernliebenden, die über den Dingen schweben. Die Geschichte vom bleichen schweren Mann dagegen zeigt die Niederungen des wirklichen Lebens, die Kompromisse, die man schließt, falls man nicht die Seelenstärke der Unbekannten besitzt. Im übrigen können Männer kraft ihrer höheren Autorität die einseitig verliebten Frauen besser kontrollieren. Sie haben nichts dagegen, mit ihnen zu schlafen. Anschließend stellen sie den Opfern ein Rendezvous im nächsten Frühjahr oder im Herbst in Aussicht. Sie sagen: Jede hat irgendeinen Reiz.«

»Das ist möglich«, sagte ich und dachte unwillkürlich an Gabor. Gabor mit seinem Frauenzirkus. Keine der acht liebte er wirklich. Das machte aber nichts. Er hatte sich angewöhnt, an allen irgendeine Einzelheit zu loben, weil er das Ganze nicht loben kann. ›Ich mag die Art, wie du meinen Namen aussprichst... Es ist so hübsch, wie du Englisch redest... Diese Jacke steht dir besonders gut... Entzückend, wie du die Beine übereinanderschlägst... du hast so etwas Farbiges, das muntert auf...‹ und so weiter und so fort. Alle Geliebten hat er auf karge Ration gesetzt. Die eine nur mittwochs, die andere nur sonntags. Proteste sind zwecklos.

»Männer sagen nicht so leicht, daß sie nicht lieben«, fuhr Albertine fort. »Irgend jemand hat ihnen beigebracht, daß dies unhöflich wäre... Vielleicht ihre Mütter. Also sagen sie es nicht. Praktisch nie. Aber sie geben zu verstehen. Zum Beispiel durch Schweigen. Durch Nicht-Beantworten von Briefen. Durch Ausweichen und Vertrösten. Das finden sie deutlich genug. Aber die Verliebten warten auf das noch Deutlichere.«

Albertine saß vor ihrem Statuenwald. Ihre blauen Augen flatterten. Eigentlich saß sie vor lauter leichtsinnigen Püppchen. All diese ägyptischen Männer und Frauen waren zu Lebzeiten bunt gewesen, lebenslustig und frivol. Es gibt Zeiten, da es verboten ist, irgend etwas leicht zu nehmen. Dann wieder Zeiten, in denen die Todsünde darin besteht, etwas ernst zu nehmen. Albertine hatte sich in der Zeit geirrt. Sie krankte an den Nadelstichen derjenigen, die ihre eigene Oberflächlichkeit zur herrschenden Religion erhoben hatten.

Kinder auspendeln

Atala ist an allem schuld, meint Dolores

Es war ein melancholischer Regensonntag, als ich Dolores besuchen ging. Der Wind fuhr in die Baumkronen und schüttelte die Tropfen herunter. Ich war neugierig auf Dolores' Version der Geschichte. Warum hatte sie Albertine den Mann ausgespannt? Was war dabei aus ihrem eigenen Mann, dem gutmütigen Ernst, geworden?

Dolores, soviel muß ich sagen, war einer der ruhigsten Menschen, denen ich je begegnet bin. Sie saß in der Sofaecke und hatte die Wohnungstür mit einer Fernbedienung geöffnet. Ihre Abneigung gegen jede Form von Körperbewegung war ausgeprägt.

Wie nicht anders zu erwarten, erkundigte sie sich sofort nach Atala. »Macht es ihr immer noch so viel Freude, Unglück zu stiften?« fragte sie mit hochgezogenen Brauen. Sie beschrieb mir den Standort der Hausbar und forderte mich auf, mir etwas zu trinken zu holen. Leider sei Albert im Augenblick auf einer Bürgerversammlung und komme erst spät zurück.

»Ach ja, Atala!« sagte sie freundlich. »Irgend jemand hat ihr früher einmal ein Leid zugefügt, als ob wir nicht alle durch unsere bloße Existenz anderen unentwegt Böses antun, und daraufhin hat sie beschlossen, ein Spaltpilz zu werden. Hat sie Ihnen etwa auch erzählt, welche Rolle sie bei mir und meinem ersten Mann Ernst gespielt hat? Nein? Das wundert mich nicht. Dann werde ich es Ihnen erzählen.«

»Der arme Ernst gehört zu den naiven Menschen«, begann sie nach einigem Nachdenken, »die im Grunde unbeeinflußbar sind, aber jeden Blödsinn glauben. Voller Mißtrauen betrachten sie die Welt. Wenn jemand lächelnd auf sie zugeht, glauben sie zunächst an eine Attacke.

Das erste, was Ernst nach seiner Übersiedlung aus dem Osten hier feststellte, war: *Es gibt so wenig schwangere Frauen*. In seiner Heimat gab es offenbar viele. So wie die Maler im Mittelalter Mühe hatten, nicht-schwangere Modelle zu finden, so hatte Ernst Mühe, hier in der Stadt eine werdende Mutter zu entdecken. Er fand dies abenteuerlich, denn wie kann eine Gesellschaft bestehen und prosperieren, wenn sie nicht für Nachwuchs sorgt? Jedenfalls beschäftigte er sich sehr mit diesem Phänomen und sprach, als wir uns kennenlernten, hauptsächlich über schwangere Frauen und in zweiter Linie von seinem Handel mit vierfarbigen Jagdwild-Drucken.

Uns beide verband sofort eine starke Abneigung gegen Lohnarbeit. Ernst stellte sich vor, daß er farbige Jagdwild-Drucke per Post verschicken und jeden Tag Stapel mit Bestellbriefen voller Zwanzig-Mark-Scheine aus dem Briefkasten fischen würde. Ich versuchte einzuwenden, daß der Bedarf an vierfarbigen Auerhähnen und Hirschen eher gering und das ständige Annoncieren dafür ziemlich teuer sei; Ernst ließ sich nicht entmutigen. Ich möchte unabhängig sein, sagte er immer wieder. Er konnte sehr gut Pfannkuchen backen. Ich mochte ihn gleich gut leiden.

Später fragten uns die Leute immer, ob wir uns über eine Heiratsannonce kennengelernt hätten, und wir antworteten mit gutem Gewissen Nein. Das Schicksal hatte uns durch gemeinsame Bekannte zusammengeführt, das kommt hin und wieder auch noch vor. Diese Bekannten hatten auf dem ersten Spaziergang ein starkes Tempo vorgelegt, während Ernst und ich träge hinterhertrödelten und über schwangere Frauen und Jagdwild-Drucke redeten.

Atala, unser Spaltpilz, hat scharfe Augen. Das läßt sich nicht leugnen. Wir waren schon ein paar Jahre verheiratet, Ernst und ich, als wir Atala im Haus von Albert kennenlernten. Sie brauchte keine fünf Minuten, um festzustellen, daß hier einer der verstocktesten Patriarchen, wie sie Ernst nannte, mit einer der emanzipiertesten Feministinnen verheiratet war – das war ich. Und sie gab ihrer Verwunderung Ausdruck, daß diese Konstruktion funktionierte.

Über die meisten Dinge des Lebens hatten Ernst und ich uns längst verständigt. Uns verband nicht nur die gemeinsame Abneigung gegen Lohnarbeit, sondern auch eine tiefe Abneigung gegen jede Form von Ideologie. Es stimmt, daß Ernst ein Patriarch war, aber einer, der kochte; und ich als Feministin habe immer sehr gern Oberhemden gebügelt, wenn es sein mußte, und Knöpfe angenäht. Unser Leben funktionierte also recht gut bis auf einen Punkt, der mir viel Kummer machte. Ich hatte mit zwölf oder zwanzig Jahren festgestellt, daß ich keine Kinder aufziehen wollte. Ein wahrer Abscheu vor allem, was mit Kinderstube zu tun hatte, erfüllte mich, und ich war verzweifelt, als ich von Ernst zu hören bekam, ein Leben ohne Kinder habe für ihn gar keinen Sinn. Am liebsten hätte er drei, jedenfalls lieber als zwei. Ich wehrte mich, legte meine altruistischen Motive dar und wies ihn auf seine eigenen egoistischen Beweggründe hin. Leute, die eigene Kinder haben wollen, handeln unverantwortlich, sagte ich. Verantwortlich ist nur, ein Kind zu adoptieren.

›Was soll ich denn mit einem fremden Kind?‹ fragte Ernst konsterniert. ›Es macht doch nur Spaß, wenn es das eigene ist.‹

Wir diskutierten nächtelang über diesen Punkt. Ich stellte mich auf den Standpunkt *Kind ist Kind*, und da es praktisch keine Kinder mehr zu adoptieren gab, wäre es das beste, eben kinderlos zu bleiben, so wie ich mir das vorgenommen hatte. ›Du wirst sonst zum Sklaven der Gesellschaft, die du eigentlich haßt‹, sagte ich zu Ernst. ›Du mußt jede Arbeit annehmen, mußt ihr Schulsystem erdulden, kannst deinen Wohnort nicht mehr frei wählen, mußt die Kinder durch den mörderischen Straßenverkehr bringen – abgesehen von der Überbevölkerung, den Kernkraftwerk-Unfällen, der Chemie. Nein, man darf kein Kind mehr in diese schmutzige, verseuchte, korrupte Welt setzen, nur aus lauter Sentimentalität und Eigennutz.‹

Ernst, der pfenniggute Kerl, starrte mich an wie das verkörperte Böse. ›Was für ein elender Unsinn!‹ sagte er in seiner plastischen Ausdrucksweise. ›Überbevölkerung? Ich sehe hier in unserem Viertel kaum Kinder und überhaupt keine schwangeren Frauen. Wenn wir Kinder haben, ziehen wir einfach aufs Land. Wahrscheinlich macht mir dann sogar Lohnarbeit Spaß. Dort ist nichts verseucht, und die Schulen sind ein Übel so alt wie *der* blöde Menschheit selbst.‹ – Für ihn waren alle Substantive auf -heit männ-lich. *Der* Krankheit, *der* Torheit, *der* Menschheit, und natürlich *der* Blödheit.

Ich weinte fast bei diesen Diskussionen. Ernst glaubte mir meine altruistischen Motive nicht und sagte abschätzig: ›Du hast bloß Angst vor der Geburt.‹ Oder er sagte: ›Ja, Kinder machen Arbeit!‹ Es war der Punkt, worüber der verstockte Patriarch und die progressive Feministin sich nicht einigen konnten. Wenn andere Leute über Kinder redeten, wurde ich nervös. Ich merkte, daß ich einen schweren Stand hatte. Niemand außer mir stellte das Kinderkriegen so radikal in Frage. Es gab mir jedesmal einen Stich, wenn wir doch eine schwangere Frau auf der Straße sahen und Ernst ihr sehnsüchtig hinterherstarrte. Wieder eine hatte sich jene Sache zugetraut, die ich mir nicht zutraute.

In Fernsehsendungen wurde gezeigt, wie wahnsinnig sich Männer über Kinder freuten, selbst wenn sie vorher gar keine wollten. ›Aha‹, sagte ich. ›Und Männer tragen jeden Tag mehrmals den Kinderwagen in den vierten Stock und hüten die Kinder in diesen hübschen Etagenwohnungen. Im Park räumen sie vor ihnen die Hundescheiße weg, schleppen die Windelpakete und wachen nachts über dem Krupp-Husten.‹ Ernst fand dies alles nebensächlich.

Eines Abends am Eßtisch sagte er plötzlich zu mir: ›Wenn du wirklich keine Kinder willst, dann suche ich mir eine andere Frau.‹ – Ich starrte ihn entgeistert an. ›Das bedeutet‹, sagte ich, ›deine Nachkommen sind dir wichtiger als meine Person?‹ Ernst schaute auf dem Tisch herum. ›Na ja‹, sagte er, ›wenn du willst, dann nehmen wir uns eine ins

Haus, die meine Kinder bekommt.‹ – Ich starrte ihn weiterhin entgeistert an. ›Das würdest du wirklich tun?‹ fragte ich. ›Warum denn nicht?‹ sagte Ernst. ›Sie könnte auch die Hausarbeit machen. Das wäre doch sehr praktisch.‹ – Ich versuchte mir vorzustellen, wie dieses Modell wohl funktionieren würde, und kam zu dem Schluß, daß es unmöglich war. Schon bei den ominösen Jagdwild-Drucken hätte ich mißtrauisch werden müssen. Ernst hielt sich einfach nicht an bestimmte Spielregeln. Ich war maßlos wütend. ›Soso‹, schrie ich, ›deine eigene Gen-Reproduktion ist dir also wichtiger als deine Frau.‹ Ernst explodierte seinerseits und brüllte: ›Was ist denn so pervers daran, wenn ein Mann und eine Frau zusammen ein Kind bekommen?‹ – Ich traute ihm fortan alles zu und suchte verzweifelt nach Bundesgenossen.

Albert und Albertine waren leider Menschen, die Kinder wollten. Alberts Bruder hatte bereits welche. Aber Atala? War Atala vielleicht kinderwunschresistent? Immerhin war sie geschieden und kinderlos. Aber nein, sie ging ja herum, schaute verträumt in die Gegend und vermied sorgfältig jede Profilierung. Kinder seien etwas Wunderbares, sagte sie gern. Ich finde Kinder wunderbar, Sie nicht? Ich hätte selbst gern eins! Warum denn nicht?

Eines Abends saßen wir wieder einmal in der Couchecke bei Albert und Albertine und redeten über Kinder. Albertine betrachtete mich wie einen bösen Geist, weil ich gesagt hatte, es gebe kein einziges humanitäres Motiv fürs Kinderkriegen. Ernst hatte daraufhin gesagt, daß *der* Menschheit bald aussterben würde, wenn alle so dächten wie ich, und daß man hier schon so wenig schwangere

Frauen auf der Straße sehe. Atala sagte verträumt, Kinder seien etwas Wunderbares überhaupt jedes neue Leben sei etwas Wunderbares und sie habe keine Angst vorm Kinderkriegen. Sie könne es sich sehr gut vorstellen. Nur Albert hielt sich zurück, wofür ich ihm dankbar war.

Plötzlich kam Atala auf eine Idee. Sie wandte sich an Ernst, meinen pfennigguten Mann, und bat um seinen Ehering. Warum, warum? wollten alle wissen. Ernst drehte verwundert an seinem Ehering, zerrte ihn vom Finger und machte große Augen. Ich spürte in den Haarwurzeln, daß sich etwas Unheilvolles zusammenbraute. ›Und dann brauche ich noch einen Wollfaden‹, sagte Atala munter. ›Muß es von einem herbizid-pestizidfreien Schaf sein?‹ fragte Albert in ungewohnter Schärfe, worauf Atala herzlich lachte. Albertine sprang auf und kramte in ihrem Nähkästchen. ›Man kann Kinder nämlich auspendeln‹, erklärte Atala.

›Ach!‹ sagte Ernst gläubig.

›Es ist so‹, sagte Atala und band den Wollfaden an den Ehering meines Mannes. ›Wer wissen will, ob er Kinder bekommt und wie viele, hält die Hand mit der Innenfläche nach oben unter diesen Ring.‹ – Gierig streckte Ernst seine Hand vor, allzu bereitwillig, wie ich fand. ›Pendeln, so ein Unsinn! Glaubt jemand von euch an diesen Quatsch?‹ hörte ich mich fragen. – ›Man kann es auch hier an den Falten abzählen‹, sagte Albertine zufrieden und guckte in ihre Faust. ›Ich kriege zwei.‹ – ›Aber nicht, ob Junge oder Mädchen‹, wandte Atala sachverständig ein. – Albert in seiner Ecke sagte: ›Ich dachte, dafür wirft man Nähnadeln ins Wasser?‹ und Albertine öffnete ungläubig wieder ihre

Faust. – Ich protestierte. ›Moment mal, sehe ich das richtig? *Du* pendelst das aus, liebe Atala? Also, *du* bestimmst, wer wieviel Kinder kriegt, und spielst den lieben Gott?‹ – Atala wehrte sich. ›Nein, es sind Kräfte! Bei einem Sohn schwingt das Pendel hin und her und bei einer Tochter im Kreis. Bei einer Freundin von mir hat es genau gestimmt.‹

Ernsts Hand zitterte. ›Konzentrieren!‹ mahnte Atala, und Albertine legte vor Aufregung drei Finger auf den Mund. ›Seht ihr? Ich mache gar nichts‹, flüsterte Atala. Das Pendel in ihren Fingern geriet in heftige Schwingungen. Atala tat, als bemühe sie sich redlich, es ruhig zu halten. ›Ein Junge, ein Junge!‹ kreischte Albertine. ›Aber diesen Schwindel kenne ich doch‹, schrie ich wütend. ›Genau wie beim Tischerücken! Da ist auch immer jemand, der mit Händen und Füßen den Geistern nachhilft!‹ – Albert saß mit verschränkten Armen in der Sofaecke und sagte: ›Laß nur, Dolores – du siehst doch, es ist zwecklos.‹

Es war zwecklos. Verzückt saßen, standen und knieten die drei um das Pendel herum, und Ernst bekam schon wieder ein Kind – einen zweiten Sohn. *Hört auf*, wollte ich rufen, aber in einem Winkel meines Herzens war ich genau wie die anderen unsagbar neugierig auf das Schicksal. Nachdem ich nichts mehr verhindern konnte, trat ich mit dem Schicksal in Verhandlung. Jetzt reicht es aber! sagte ich zum Beispiel zum Schicksal. Es reicht, laß ihn keine mehr kriegen! Aber das Schicksal hörte nicht auf, und Atala pendelte Ernst noch eine Tochter aus, denn aller guten Dinge sind drei.

Ernst strahlte. Albert in seiner Ecke knurrte. Albertine war gerührt, und ich stand kurz vor der Explosion. Wie kam dieses Weib dazu, sich in unseren Streit einzumischen? Was hieß einmischen? Sie hatte den Streit für Ernst entschieden. Mit einem Wollfaden und ihrer unglaublichen Chuzpe. Atala schien das drohende Unheil zu wittern. ›Ich pendle mir jetzt selber‹, rief sie mit heller Stimme, ›das kann man nämlich auch!‹ – ›Ach wirklich?‹ staunte Albertine. Und schon waren wieder alle ganz gespannt.

Selbst ich. Immerhin wußte ich schon, welche Kombination sich Atala ganz bestimmt *nicht* auspendeln würde. Albert warf mir einen Blick zu, in dem genau diese Überlegung stand. Atala konnte sich alles mögliche auspendeln, nur nicht zwei Jungen und ein Mädchen. Die Gefahr, daraufhin mit Ernst in Verbindung gebracht zu werden, war zu groß. Tatsächlich pendelte Atala sich selbst nur ein kleines Mädchen, Albertine stieß einen Entzückensschrei aus, Ernst brummte zufrieden, weil er mehr Kinder zugeteilt bekommen hatte, und Albert wurde vom Teufel geritten, denn er beschloß, Atala zu plagen. Er räusperte sich und sagte: ›Also, Atala – theoretisch könntest du diese Tochter von Ernst bekommen. Ernst sucht sich dann später für seine Söhne noch eine andere Frau, nicht wahr, Ernst? Was meinst du?‹

Atala schaute einen Moment wie vom Donner gerührt. Das hatte sie nicht erwartet. ›Unsinn‹, sagte Albertine plötzlich energisch. ›Ernst bekommt seine drei Kinder natürlich zusammen mit seiner Frau. Los, Dolores! Jetzt bist du dran. Warum denn nicht?‹

›Ja, warum nicht?‹ echote Atala. ›Das ist eine gute Frage. Dolores, gib mir deine Hand!‹

Das war eine neue Wendung. Wie unter Zwang streckte ich meine Hand aus. Ich sah, wie Albert verstohlen den Kopf schüttelte. Das hieß *Tu's nicht.* Aber wieso? Ich schüttelte meinerseits den Kopf. Das hieß: *Mal sehen, welche Kombination sie sich jetzt ausdenkt.* Laut sagte ich: ›Schade, daß es nur zwei Geschlechter gibt‹, und Atala sagte: ›Das stimmt ja gar nicht. Es gibt auch Zwitter.‹ Albert fügte hilfsbereit hinzu: ›Und Zentauren.‹

Die ganze Zeit über dachte ich: Könnte ich Atala nicht mit meinen eigenen Kräften dazu zwingen, etwas zu pendeln, das sie selbst nicht pendeln will? Aber was? Ich wollte ja keine drei Kinder, zwei Jungen und ein Mädchen. Oder doch? – Atala brachte das Pendel über meiner Handfläche in Position. Ich ergab mich in mein Schicksal und erwartete irgendeine Überraschung. Nur diese eine nicht: daß Atala mit aller Anstrengung versuchen würde, das Pendel vollkommen still zu halten. – Genau das tat sie. Ich starrte auf ihre Finger und sah, daß sie vor lauter Anstrengung zuckten.

Die Zeit dehnte sich schier endlos. Alle schwiegen. Albertine schwitzte.

Nach einer Weile sagte Atala achselzuckend: ›Tja, Dolores, schade! Ich glaube, du kriegst einfach keine.‹

Ich war in einer grauenhaften Situation. Der Gefühlswirrwarr in mir war unbeschreiblich. ›Hör mal‹, sagte ich scharf zu Atala. ›Ich hab genau gesehen, wie du versucht hast, jede Bewegung zu unterdrücken.‹ ›Bewegung unterdrücken‹, wiederholte Atala verständnislos, ›welche Bewegung denn?‹

›Es gibt verdammt noch mal die ganze Zeit solche kleinen unwillkürlichen Bewegungen‹, schrie ich, ›*unwillkürliche*, verstehst du? Und die nützt du beim Pendeln aus, du verstärkst sie in die eine Richtung oder in die andere. Nur in meinem Fall, da hast du sie mit Absicht unterdrückt und gestoppt!‹

›Aber *ich* bin es doch nicht, die irgend etwas stoppt‹, rief Atala zurück, ›überhaupt, was regst du dich auf? Du *willst* doch gar keine Kinder.‹

›Und für Ernst, da pendelst du drei?‹

In diesem Augenblick stand Albert ziemlich brüsk auf und sagte, er finde dies alles gefährlichen Unsinn, in seinem Haus sehe er das nicht gern. Er schaute wütend auf Atala hinunter, die noch immer mit dem Wollfaden und Ernsts Ehering spielte. Albertine, die die ganze Zeit im Geist schon ihre Hand ausgestreckt hatte, zog sie gewissermaßen mit Bedauern zurück. ›Warum haben wir denn nicht gleich bei uns angefangen, bei Albert und mir?‹ jammerte sie betrübt. ›Ich hätte doch gar zu gerne gewußt, ob wir...‹

›Schluß‹, sagte Albert kategorisch. ›Du kannst ja zu einem Wahrsager gehen oder die Falten unter deinem rechten kleinen Finger zählen. Ich will diesen Spuk nicht in meinem Haus haben, und eigentlich auch nicht die Menschen, die daran glauben.‹ Damit warf er Atala, für die er vorher eine so deutliche Schwäche gezeigt hatte, einfach aus der Wohnung.

Ernst lächelte glücklich. Er ließ den Widerspruch zwischen seinen drei und meinen null Kindern so im Raum stehen. Ich war wütend und verletzt und fühlte mich alleingelassen. Wer keine Kinder will, ist sehr verletzlich.

Und plötzlich wurde mir klar, daß ich strenggenommen im Leben nicht *keine* Kinder wollte, sondern einfach keine von Ernst. Aber das konnte ich unmöglich sagen.

Atala war zum Spaltpilz geworden. An diesem Abend erkannten Albert und ich, daß wir zusammengehörten. Es war der Anfang unserer Beziehung. Die arme Albertine! Sie hat uns nie verziehen.«

»Und Ernst?« fragte ich, als Dolores eine längere Pause machte. »Hat er inzwischen seine drei Kinder bekommen?«

»Leider nicht«, sagte Dolores mit einem Anflug von echtem Bedauern. »Ich habe begriffen, daß es ein völlig legitimer Wunsch von ihm war. Aber aus irgendeinem Grund habe ich ihm nicht zugetraut, daß er auch die Verantwortung dafür übernehmen würde. Vielleicht, weil er so kindlich war. Kinder können nicht für andere Kinder sorgen.«

»Und Atala?« fragte ich weiter. »Hat sie ihre vom Schicksal gependelte Tochter bekommen?«

»Nein, auch nicht«, sagte Dolores.

»Ach«, sagte ich. »Dann stimmte ihre Pendelprognose also nur zu einem Drittel.«

»Nein, nicht einmal das«, sagte Dolores leicht geniert. »Albert und ich erwarten ein Kind. Es ist mir irgendwie peinlich, ich bin schon über vierzig. Andererseits ist es offenbar die größte Freude, die es gibt. Wenn ich nicht so abergläubisch wäre, würde ich sagen: Atala bekommt eine Geburtsanzeige, und zwar mit Bild. Aber dann besucht sie uns und steht an der Wiege wie die dreizehnte Fee. Was Ernst anbetrifft – du lieber Himmel, was gäbe ich darum, wenn er es nie erfahren müßte.«

Da saß sie, Dolores, in ihren weiten indischen Gewändern. Irgend jemand hatte sie mir gegenüber einmal mit einer trägen muffigen Kröte verglichen. Sie war alterslos – vielleicht war dies das Krötenhafte an ihr. Darüber hinaus war sie einfach sie selbst.

Der Mädchensammler

Auch Ernst hat Pauls Krankheit bekommen

»Wissen Sie was?« sagte Ernst und betrachtete mich aus runden Augen wie ein empörter Uhu. »Albertine ist auch nicht die Heilige, die sie gerne wäre. Was sagte sie, als Albert sie im Stich ließ und mit meiner Frau Dolores auf und davon ging? Sagte sie vielleicht: Ach, ich habe seine Liebe verloren, seine Hände, seinen streichelnden Blick? Nein. Sondern sie sagte: Ausgerechnet jetzt verläßt er mich, wo wir uns das Leben soviel angenehmer hätten machen können. Und warum ging Dolores eigentlich von mir weg zu Albert? Dafür gab es gar keinen Grund. Außer Geld natürlich. Das hat mir Atala gesagt. Atala ist eine kluge Frau, finden Sie nicht?«

»Die meisten Menschen halten Atala für unglücklich oder böse«, sagte ich, »aber das eine schließt das andere nicht aus.«

Ernst fing an zu erzählen. Er sagte: »Ich würde gern so reden, wie Perlen sich auf einer Schnur reihen. Aber meine Sätze schwanken. Wie Sonnengitter auf dem Rasen. Haben Sie mal versucht, ein Netz mit einem anderen zu fangen? An allen Netzen wird gezogen, erbittert in die eine oder andere Richtung. Jeder hat recht, und zum Schluß steht man vor der Wirklichkeit wie vor einem geschlossenen Tor. Womit soll ich anfangen?«

Ernst suchte vergeblich nach einem Anfang – der erste Mensch auf meiner Reise, der seine Geschichte nicht erzählen konnte. Es war wie ein Teich, in den man Steine warf, dann liefen die Spiegelbilder auf den Wellen davon. Dank Atalas Prophezeiung war er völlig ruhig. Er näherte sich der Mitte Vierzig und wußte, daß er irgendwann im Leben seine drei Kinder haben würde. Er wußte nur noch nicht, von wem und wie er die potentielle Mutter seiner Kinder einfangen sollte. Dies war sein Hauptthema, aber er schweifte immer wieder ab.

»Wenn meine Eltern stritten«, erzählte er beispielsweise, »kletterte ich aufs Dach. Mit acht Jahren war ich fast noch ein Zwerg. Aber ich hatte große Füße. Eines Tages nahm mich meine Mutter mit zum Arzt. Der Arzt strich sich über die Haare. Meine Mutter saß auf dem Stuhl und sagte: ›Also sagen Sie mir schon *den* Wahrheit – wird das ein Zwerg bleiben?‹ Sie ist sehr mutig. Niemals ließ sie sich einfach von meinem Vater verprügeln, immer warf sie eine Pfanne oder einen Besen mit großer Kraft zurück. Der Arzt nahm ihre Handtasche und stellte sie ordentlich neben ihren Stuhl. ›Sehen Sie, da –‹, sagte er, ›seine riesengroßen Füße. Die Natur will Ihren Sohn groß haben. Also wird er eines Tages groß werden. Wenn Sie sich vielleicht etwas weniger streiten.‹ Meine Mutter verabschiedete sich rosarot mit vielen Worten. Dann bin ich zweimal in die Länge geschossen und normal groß geworden. Nur meine Füße sind noch immer übergroß. Also ist es *gut*, daß meine Eltern gestritten haben. Sonst wäre ich heute ein Riese.«

Dolores bezeichnete er mit einem sonderbaren Namen: für ihn sei sie die *ahornfüßige Katze*. Nachdem sie ihn verlassen hatte, war er auf seinen riesengroßen Füßen durch die Stadt gewandert und hatte versucht, drei Frauen zu verführen. Aber keine wollte.

»Was waren das für Frauen?« fragte ich.

»Nun, Albertine, dann Alberts Schwägerin und natürlich Atala. Es ist so *schwierig*, hierzulande Frauen zu etwas zu zwingen, das sie nicht wollen.« – Zum Glück war dann seine Mutter gekommen und hatte für ihn gekocht, gewaschen, geputzt, geräumt und eingekauft. »Sie ist so *flink*. Sie hat mir einmal an einem Nachmittag in zwei Stunden eine Haube für mein Auto genäht. Die war blau.«

Er dachte oft an zu Hause, an die seligen Zeiten hinter dem Hoftor bei der Kapuzinerkresse. Wenn er die Augen schloß, konnte er deutlich die Stadtringe sehen, die schachbrettförmigen Vorstädte, das flimmernde Unkraut hinter dem Zaun. Glitzernd lagen die Fabriken am Himmel.

»Es gibt Tage wie ausgeschnitten aus einem anderen Jahrzehnt«, sagte Ernst. »Auf dem Weg dorthin trifft man seltsame Menschen mit Kapuzen tief in die Stirn gezogen. Eine Bäuerin mäht die Bachwiese, klein wie ein Finger. Der Sommer hat seinen Gang verlangsamt, die Ewigkeit steht still, alle Hunde sind verschwunden.«

»Meine Mutter hatte Kaninchen«, begann Ernst nach einer Weile wieder. »Sie sprangen so pelzig hinter dem Maschendraht hin und her und erinnerten mich an den Winter. Meine Mutter schenkte im Sommer Schnaps aus, unter dem Kirschbaum, an die Arbeiter. Sie tat das auch, als mein Vater starb. Er lag in der Veranda hinter Fliegengittern. Der Garten schlief in der Sonne. Ein Flugzeug wollte wie ein schmutziges Insekt nicht in den Himmel tauchen. Bevor er starb, hat mein Vater sein Auto verkauft. Er war wie ein Kaiser. Seine Untertanen sollten nach seinem Tod nicht mehr Auto fahren.

Meine Mutter trug ihre Kaninchenwaben in den Schatten. Die Tiere huschten hinter dem Drahtgeflecht hin und her. Solange mein Vater lebte, weigerte er sich, ein Tier zu töten. Als er starb, tötete meine Mutter alle auf einmal. Sie war sehr *flink*.

In unserer Straße stand ein Papiergeschäft an der Ecke. Ein Auto-Ersatzteillager. Kein Soldat verirrte sich hier heraus. Ich verließ meine Mutter an einem Sommertag. Die Wolken duckten sich weiß in den Himmel. Die Tore waren geschlossen. Jemand ging mit Sodapatronen unter dem Arm. Plötzlich kam Wind auf, die Luft rauschte, als flögen Spatzen und Tauben von ihren Körnern weg in die Bäume.

Früher hat meine Mutter alle meine Freundinnen geschmäht. Aber kaum war die ahornfüßige Katze davongeschlichen, vor der sie immer mit falschem Lächeln gebuckelt hatte, schickte sie mir lauter junge Mädchen mit schlaffen Händen und Armen. Die Töchter ihrer Kunden und Nachbarn. Eine nach der anderen kam und blieb vier Wochen. Diese Mädchen sind so jung, daß sie kaum sprechen können. Meine Mutter sagt ihnen, daß ihr Sohn eine Frau sucht, die Mutter seiner Kinder. Die jungen Mädchen träumen davon, daß ihr eigentliches Leben hiermit beginnt. Ein Traum von Freiheit. Ich verbringe jetzt mein Leben mit Puppen, die kaum sprechen. Am Anfang versorgen sie noch die Küche. Später sind sie den ganzen Tag fort. Nach vier Wochen sind ihre Ferien zu Ende, und sie fahren mit Bedauern wieder heim. Sie schauen mich an und sagen auswendig gelernte Worte der Liebe. Ich will sie nicht hören. Wenn sie wieder weg sind, bin ich froh.

Am Ende unserer Straße«, sagte er plötzlich, »kreuzte eine herrschaftliche Allee das arme Viertel. Sie zog sich den Berg hinauf, und ein alter Musikprofessor hatte dort seinen Lebenstraum gebaut, eine Burg aus Granit. Der Professor hieß Bory, die Burg darum die Bory-Burg. Der Professor starb, und die Erben öffneten die Burg für das Publikum. Es gab ein Dornröschen-Zimmer, einen Richard-Wagner-Saal, einen Gänsegarten, einen Turm, in dem der Gefangenenchor aus *Nabucco* vom Tonband erklang. Oben auf dem Turm hatte man Aussicht auf die weite Welt. Man konnte dorthin aber nur kommen, wenn man vorher unter freiem Himmel einen Gang durchquert hatte, der von einer Kette überspannt wurde. An dieser Kette schaukelte im Burgwind das Damoklesschwert. Professor Bory hat ein Metall verwendet – sagt man –, das besonders gut rostet. Alle Ringe rosten. Das Schwert ist groß und schwarz und schwer. Aber warum erzähle ich das? Mich interessierte an dieser Aussicht immer der feine verschmutzte Streifen am Horizont, der aussah, als gebe er Zugang zu einem Land ohne Fernprobleme.

Manche von meinen jungen Mädchen arbeiten – als Putzfrauen, Verkäuferinnen – was sich gerade anbietet. Manche bleiben in den Nächten weg und kaufen sich vom verdienten Geld Kleider und Taschen. Fast alle gehen sonntags in die Kirche. Sie erinnern mich an die Kaninchen meiner Mutter, die still und pelzig hin und her hoppeln.

Immer haben die Puppen vor Aufregung feuchte Hände. Eine war dabei, die brachte meiner Mutter früher jeden Sonntag Blumen. Sie hörte damit auf, als sie zurückgekehrt war. Eine war dabei, die mir gut gefallen hätte. Leider war sie ein gemeines Biest, genau wie die ahornfüßige Katze. Sie war nicht von meiner Mutter ausgesucht worden. Sie war die Tochter des Hausmeisters von meiner alten Schule. Sie erinnerte mich an einen dünnen kleinen Baum.

Vor Jahren hat mein Vater von einem Ausflug im Gebirge eine Fichte mitgebracht. Meine Mutter krawallte. ›Sie kann hier nicht bleiben‹, sagte sie, ›die Erde ist zu fett.‹ Mein Vater antwortete wie gewöhnlich nichts und pflanzte das Bäumchen zwischen Gurken und Kürbisse. Es schoß in die Höhe und wiegte seine dürftige Krone nachts im Mondlicht. Es blieb dünn. Trotzdem überragte es all die einstöckigen Häuser mit den gekalkten Veranden, auch die Kugelbäume an der Straße, die wie Soldaten habt acht standen. Eines Tages wurde das Bäumchen krank und fiel um. *Stirbt eine Fichte, stirbt ein Mensch*, heißt es. Mein Vater war damals schon tot, aber meine Mutter hörte nicht auf zu schimpfen.

Mein Vater machte meiner Mutter auch dann noch Kummer, als er schon reglos unter der Erde lag. Jeden Sonntag nach der Messe ging sie an sein Grab und sprach in ernstem Ton zu ihm. Der Marmormann hatte sein Bild emailliert, das Bildnis eines wilden, jungen Mannes. Die schwarzen Haare standen ihm kreuz und quer vom Kopf, er blickte zornig und finster, wie ein Kind, das gerade geweint hat. Eines Tages lag auf dem Grab eine rote Rose.

Aber nicht von meiner Mutter. Dies wiederholte sich wochenlang. Rote Rosen bedeuten Liebe. Meine Mutter legte sich im Friedhof auf die Lauer, um herauszufinden, wer ihr dies antat. Sie bestach den Friedhofswärter. Aber sie hat nie herausgefunden, wer es war.

Unterdessen bringen ihr die jungen Mädchen Blumen. Rosen, Astern, Chrysanthemen, je nach Jahreszeit. Zuletzt war die Tochter eines Bauern bei mir, der zu Hause neben der Müllkippe wohnt. Sie erzählte mir, daß ihr Vater auf den Müllhaufen Geld findet. So viel Geld, daß man glauben könnte, jemand streue es nachts absichtlich drüber. Es ist unglaublich, sagte sie, wieviel Geld die Menschen verlieren. Gerade so, als handle es sich hierbei nur um Fetzen von bedrucktem Papier. – Sie hat sich hier sehr nützlich gemacht. Unsern Steinguttopf, den die ahornfüßige Katze und ich mit inländischem und ausländischem Kleingeld gefüllt haben, leerte sie einfach auf eine große Zeitung. Dann fing sie an zu sortieren. Sie drehte die Münzen geschwind in festes Papier und ging damit zur nächsten Bank. Man schickte sie in die Zentrale, die einen Geldzählapparat besitzt. Dort ließ sie es zählen und umtauschen und kam stolz mit einer kleinen Summe zurück. Sie war auch sonst sehr nützlich und hatte einen hübschen Namen: Fräulein Nelke.

Irgend jemand muß meine drei Kinder bekommen. Ich weiß aber nicht, wer es sein wird.«

»Könnte es nicht sein«, unterbrach ich mein Gegenüber mit den bösen runden Augen, »daß diese drei Kinder gerade irgendwo geboren werden? Von den schüchternen jungen Mädchen?«

»Unmöglich«, sagte Ernst unruhig. »Meine Mutter kontrolliert alles. Außerdem hätten sich die Mädchen hier gemeldet. Sie wären von ihren Vätern verstoßen worden und zwangsläufig wieder hierhergekommen.«

»Warum ist Ihnen das so wichtig?« wollte ich wissen.

»Es ist das Normalste auf der Welt«, sagte Ernst und durchbohrte mich mit einem wütenden Blick. »Ich ertrage den Gedanken nicht, daß ausgerechnet ich das Normalste auf der Welt nicht haben soll. Warum? Was habe ich getan? Es ist nicht meine Schuld. Als normaler Mensch habe ich ein Recht auf etwas Normales, oder nicht? Was tun denn all die Frauen, die einfach beschließen, ein Kind zu bekommen? Für sie ist es einfach. Aber wir Männer sind benachteiligt, denn wir brauchen für dieses Geschäft eine Frau. Glücklicherweise kann man heute eine Frau kaufen. Aus dem Katalog. Dies kann ich mit fünfzig oder fünfundfünfzig Jahren immer noch machen. – Einmal hat sich in meinen Briefkasten eine Postkarte verirrt, die nach Buenos Aires reisen sollte. *Buenos Aires.* Wenn das möglich ist, warum sollte nicht auch eine Frau aus einem fernen Land zu mir kommen, die zu mir paßt?«

Ich stellte mir vor, in welche uferlose Trauer und Wut dieser Mann versinken würde bei der einfachen Mitteilung, daß Dolores ein Kind bekam. Ich spürte die schreckliche Macht, die in solchen Mitteilungen lag. Man kann jemanden zuverlässig ärgern oder vielleicht sogar ermorden, wenn man ihn von der genetischen Reproduktion einer verhaßten Person in Kenntnis setzt.

Auch er. Auch auf ihn war Pauls Krankheit übergegangen. Ein Reigen von Puppen zog durch sein Haus, während er zusätzlich von Katalogen mit lächelnden Frauen träumte.

Was würde er tun, wenn Dolores ihm die Neuigkeit erzählte? Ich erinnerte mich an ihre Worte: Warum fügen wir durch unsere bloße Existenz anderen Menschen unentwegt Schaden zu?

Die verkaufte Braut

Atala erzählt die Geschichte von Ernst und Magali, die wie füreinander geschaffen waren

»Merkwürdig, daß es bei all dem nicht auch noch Mord und Totschlag gegeben hat«, sagte ich zu Atala, die mit angewinkelten Beinen auf dem Sofa saß. »Pauls Leichtsinn hat Lawinen und Erdbeben ausgelöst, wie jener berühmte Schmetterlingsflügelschlag vor zweitausend Jahren den großen Erdrutsch von gestern.«

»Wer sagt denn, daß es nicht Mord und Totschlag gab?« fragte Atala. »Unter Ernsts Porzellanpüppchen fand sich eine, die anders war als die andern. Ich weiß nicht, wie er an sie geraten ist, aber ich weiß, daß die beiden Gefallen aneinander fanden. Vielleicht weil dieses Mädchen keine Abgesandte der Mutter war. Sie war eine Person. Sie hieß Magdalena. Man nannte sie Magali.«

»Ihre Cordhose war mit einer Sicherheitsnadel verschlossen. Ihre Augen guckten eigensinnig, ihr Mund war auf unangenehme Art verächtlich, und nur von ihren Haaren ging etwas Wohlerzogenes aus, ein sanfter Schimmer. Bei all dem war sie unglaublich hübsch, ich habe sie einmal gesehen. Dünn, fast zerbrechlich. Ihr rechter Arm war gelähmt, weil sie als Kind Kinderlähmung hatte.

Die beiden hatten eine Art, miteinander zu reden, die

in ihrer Verdrehtheit genau ineinander paßte. Sie waren Dichterzwillinge, Ernst und Magali. Niemand von uns hätte gedacht, daß Ernst überhaupt je eine Frau finden würde, die wirklich zu ihm paßte, nachdem Dolores ihn verlassen hatte.

Magali war Akademiestudentin und verdiente keinen roten Heller. Zu Ernsts Entzücken richtete sie in seiner Wohnung sofort ein Malstudio ein, bot ihm an, Busfahrscheine und Essensmarken zu fälschen, und fluchte den ganzen Tag, wie er es aus seiner Heimat gewohnt war, allerdings nicht von Frauen.

Vier Wochen vergingen, Magali reiste nicht ab. Es verstrichen zwei, drei Monate, ihr Touristenvisum war längst abgelaufen, Magali war immer noch da. Die beiden führten eine genügsame Boheme-Existenz und schrieben sich auf Zetteln Flüche und Gedichte. Ernst behauptete, sie hätten unabhängig voneinander dasselbe erlebt, weil ihre Handschriften so ähnlich waren. Vielleicht hatten sie ja wirklich dasselbe erlebt, Ernst immer zwanzig Jahre vor ihr. Er war von streitenden Eltern verzärtelt worden, man hatte von ihm erwartet, daß er studierte, und er war geflohen. Magali war von ihren streitenden Eltern herumgeschubst worden, man hatte ihr gar nichts zugetraut, sie hatte studiert. Beide kamen aus der Vorstadt. Ernst saß allein in seinem Garten, während Magali einen ganzen Schulhof voller Kinder zum Spielen hatte. Was auf dasselbe herauskam. Nachdem Magali es einmal erwähnt hatte, erinnerte sich auch Ernst, daß er als Kind immer *anders* werden wollte. Anders als die andern, die sich so merkwürdig benahmen und in ihrer Art unverständlich blieben. Ernst beschäftigte sich mit elf Jahren damit, seiner Katze, die ihm auf die Felder gefolgt war, Rattengift ins Maul zu stopfen und sie anschließend an einem Feldbaum aufzuhängen (›Es nützte nichts, sie war vor mir zu Hause‹, sagte er entschuldigend) – während Magali voller Interesse grünen Mistkäfern und schwarzen Laufkäfern die Beine ausriß, aber nur an einer Seite.

Mit einem Wort, die beiden waren wie geschaffen füreinander.

Allerdings konnte sich niemand Magali schwanger vorstellen oder Ernst als Versorger und Ernährer. Aber es muß ja nicht immer die bürgerliche Familie sein. Glücklicherweise nicht.«

»Wie bitte?« fragte ich Atala. »Sie selbst haben ihm doch diesen Floh ins Ohr gesetzt... Sie haben ihm drei Kinder ausgependelt – zwei Jungen und ein Mädchen.«

Atala nahm die Beine vom Sofa und ordnete sie anders an.

»Das hat Ihnen natürlich Dolores erzählt«, sagte sie ruhig. »Aber nicht *ich* habe gependelt. Es sind Kräfte. Wenn sich das Pendel dreimal in Bewegung setzte, dann heißt das, daß Ernst sich damals drei Kinder wünschte. Nicht, daß er sie wirklich bekommen würde.«

»Aber das ist nicht ehrlich«, sagte ich. »Sie wußten im voraus, was jeder einzelne sich wünschte. Was Sie übrigens nicht wußten, war, was Dolores sich *wirklich* wünschte, weil sie immer das Gegenteil behauptet hatte. Wie können Sie sagen, Kräfte bewegten das Pendel, wenn es in Wirklichkeit nur die Informationen waren, die Ihnen zur Verfügung standen? Außerdem scheint mir, daß Sie damals den Eindruck erweckten, das Schicksal selbst habe gesprochen und Ernst habe seine drei Kinder so gut wie sicher.«

»Ihr Vorwurf trifft mich nicht«, sagte Atala nachdenklich, »denn ebensogut könnten Sie sagen, Dolores verdankt ihr Kind, das sie jetzt erwartet, mir. Ihr Widerspruchsgeist wurde damals geweckt, sie haßte mich. Hätte ›ich‹, wie Sie zu sagen belieben, ihr damals ein, zwei oder drei Kinder ausgependelt, dann hätte sie heute vermutlich keines.«

»Und Ernst wäre im umgekehrten Fall gezwungen gewesen, darüber nachzudenken, was alles zum Kinderkriegen nötig ist.«

»Ja, Ernst – oder vielmehr Magali... wo waren wir stehengeblieben?«

»Daß die beiden so gut zusammenpaßten.«

»Richtig. Aber das Unheil kam in Gestalt eines Briefchens mit Schulmädchenhandschrift. Ernsts Mutter, die niemals telefonierte, schrieb, sie plane, wieder einmal für drei oder vier Monate zu kommen, um nach dem Rechten zu sehen. Entweder wußte sie nicht, daß Magali noch bei Ernst war, oder sie wußte es wohl.

Was für ein Schock! Magali war entsetzt, Ernst war verzweifelt. ›Warum schreibst du ihr nicht, daß es nicht geht?‹ fragte Magali schließlich.

›Das kann ich nicht schreiben‹, sagte Ernst. ›Sie ist schließlich meine Mutter!‹ – ›Dann schreibe ich es ihr‹, schlug Magali vor.

Aber Ernst hatte eine bessere Idee, für die er sofort Feuer und Flamme war. ›Wir bekommen einfach unser erstes Kind‹, sagte er, ›dann können wir ihr schreiben, du hast Zustände.‹

›Mit anderen Worten‹, sagte Magali, ›nur eine andere Mutter kann deine Mutter aus dem Feld schlagen.‹

›Wieso aus dem Feld schlagen? Es wäre ein Grund, den sie versteht. Sie würde sich sogar freuen.‹

›Glaubst du‹, sagte Magali, ›daß es so einfach ist, ein Kind zu bekommen? Man beschließt es, und schon ist es unterwegs?‹

›Warum denn nicht?‹

Nun, um die Sache kurz zu machen, Magali verschwand. Sie verschwand aus Ernsts Leben. Sie war einfach weg. Niemand wußte, wohin und warum. Ernst war außer sich. Magali war eine Schlange, eine Bestie, ein Unmensch. Er suchte sie überall. Sie war nicht nach Hause zurückgefahren, soviel stand fest. Er beruhigte sich erst, als seine Mutter kam und mit Strümpfestopfen, Knöpfeannähen, Putzen und Kochen die übliche anheimelnde Aktivität verbreitete. Aber jetzt kamen die Briefe. Ohne Absender.

Darin teilte Magali ihrem lieben Ernst mit, daß sie zu einem älteren Mann gezogen sei, der ihre Ausbildung weiter finanzieren wolle. Sie sei bereits einmal in Paris gewesen. Dieser Mann sei sehr großzügig, außerdem die ganze Woche weg. Die Wochenenden allerdings, die seien fürchterlich. Sie gebrauchte an dieser Stelle ein paar ziemlich ordinäre Flüche. ›Aber was willst du?‹ schrieb sie weiter. ›Man braucht Vater, Mutter, Geliebte, Dreck, muß mit den Hunden am Abend laufen, ohne Pelz, wie eine Karawane, mit Gold bepackt in die Seligkeit eingehen.‹ – Ihre Formulierungen waren merkwürdig, blieben mir im Gedächtnis.

Ernst tobte. Er verwandte ziemlich viel detektivischen Scharfsinn darauf, herauszufinden, von welchen Postämtern sie die Briefe abgeschickt hatte. Aber Magali hatte sie immer irgendwo in den Briefkasten gesteckt, nie selbst zur Post gebracht, denn dann hätte man sich dort an sie erinnert. Ernst kam keinen Schritt weiter.

Dann kam ein Brief mit einem Polaroidfoto. Magali trug darauf eine billige Wildlederjacke mit Fransen. Wie ein Cowgirl stand sie vor einer Schießscheibe. Bei längerem Hinsehen erkannte man einen Revolver in ihrer linken Hand. ›Mein Mäzen will mich übrigens heiraten‹, schrieb sie, ›um meine Paßangelegenheit zu regeln.‹ – Ernst war völlig konsterniert. Es schien, daß sie alle ihre alten Werte verraten hatte. ›Ich würde dann reich‹, schrieb sie. Aber warum? Aus welchem Grund?

Es gab eine mögliche Erklärung: Magali war plötzlich verrückt geworden. Jugendliche Schizophrenie. Ihre Briefe wurden zunehmend länger und verwirrender. ›Immer bleibt der Briefkasten leer‹, klagte sie in einer Epistel. Natürlich, wenn sie ihren Freunden ihre Adresse nicht gab... ›Man stirbt nicht an einem leeren Briefkasten‹, hieß es dann weiter, und ›Ich stelle mich mir vor als durch den Kopf geschossen. Aber es ist nicht so einfach. Ich werde Personal brauchen. Jemand, der mir die Waffe an die Stirn hält und abdrückt.‹

Ernst war entsetzt und beunruhigt in dieser Zeit. Wo wohnte sie? Irgendwo in derselben Stadt. Das war eine Teufelei. Er verbarg es vor seiner Mutter. Wie immer konnte er absolut keinen Grund finden für ihre Handlungsweise. Den Rest erfuhr er aus der Presse. An einem

Montag war im Lokalteil seiner Zeitung ein kleines Paßfoto von Magali abgedruckt, weich und verschwommen, daneben der nächtliche Schnappschuß von einem erschöpften Mann zwischen zwei Polizisten. In bemerkenswertem Vorgriff auf die Verhandlung hieß die Bildunterschrift *Das verwüstete Gesicht eines Mörders*. Der Mann hatte helle Fischaugen und sah aus wie ein Fuchs. Halblange graue Haare hingen unordentlich um sein Gesicht. Außerdem wirkte er völlig übernächtigt und zog einen schiefen Mund. Dieses Foto verleitete wirklich zu voreiligen Schlüssen. Wahrscheinlich war er nicht einmal ein Mörder. Von Beruf war er Dentist. Was in aller Welt hatte Magali veranlaßt, zu diesem Mann zu ziehen?

Bei seiner Verhaftung hatte man viele Briefe beschlagnahmt. Der Polizeibericht an jenem Montag zitierte nur einen Satz, typisch für Magali: *Alles richtet sich, und alles ist ein Haufen Gespinst.*

Die Schlagzeilen hießen ganz anders. *Zahnarzt tötet dreißig Jahre jüngere Geliebte.*

Es wurde festgestellt, daß Magdalena durch insgesamt sieben Revolverschüsse getötet worden war. Es war – soviel begriff Ernst – die Waffe, die sie auf dem Polaroidfoto in der Hand hielt. Der Dentist gab zu Protokoll, es sei seine Waffe, aber sie habe, mit Platzpatronen geladen, immer im Schrank gelegen. Magdalena habe viel Interesse für die Waffe gezeigt, und er habe sie einmal in Pose damit fotografieren müssen. In seiner Abwesenheit habe sie oft damit herumgeknallt. Die Nachbarn bestätigten, ab und zu nachts Schüsse gehört zu haben. Der Dentist führte aus, er habe Magdalena verboten, mit diesem

Revolver herumzuspielen, sie habe es trotzdem getan. Immer wieder. An dem verhängnisvollen Wochenende sei er müde von der Arbeit nach Hause gekommen. Magdalena habe ihn mit der Waffe in der Hand begrüßt. Er habe sie ihr aus der Hand genommen und aus pädagogischen Gründen mehrfach abgedrückt, um sie zu erschrecken. – Als sie sich danach nicht mehr rührte, habe er zuerst an einen Herzstillstand geglaubt. Erst später habe er die Schußwunden entdeckt und die Nachbarn verständigt. Die Nachbarn riefen dann die Polizei.

Niemand glaubte dem Dentisten auch nur ein Wort. Ernst fing an zu zittern, als ihm klar wurde, daß man ihn aufspüren und als Zeugen zur Verhandlung holen könnte. Oder gar mehr. Magali hatte vorher immerhin monatelang bei ihm gewohnt. Wider Erwarten wurde er aber nicht belangt. Offenbar hatte Magali keine Durchschläge von ihren Briefen an Ernst gemacht, oder sie hatte sie rechtzeitig vernichtet, obwohl sie sonst alles in einer Schublade aufhob.

Ernst quälte sich dann durch die Prozeßberichterstattung in allen Zeitungen, die er bekommen konnte. Zunächst wurden die Polizeiprotokolle noch einmal zitiert, dann die Einlassungen des Staatsanwaltes und dann Magdalenas Briefe, soweit man Durchschläge davon gefunden hatte. Als Ernst begriff, daß man ihre Briefe in voller Länge bei Gericht vorlas, während die Journalisten nur kleine Ausschnitte davon zitieren konnten, überwand er sich und ging am dritten Prozeßtag hin. Der Anblick des Dentisten löste Übelkeit und Mitleid in ihm aus. Der Mann war offenbar schwer krank und vom Schicksal geschlagen; er versuchte, den Geschworenen klarzumachen, daß er mit einer Verrückten in der Wohnung gelebt hatte, die, von Todessehnsucht geplagt, heimlich Platzpatronen gegen scharfe Munition ausgetauscht hatte, um ihn dranzukriegen. Der Staatsanwalt glaubte ihm nicht. ›Warum hat sie sich denn dann nicht selber erschossen?‹ fragte er mit perfidem Unterton. – Der Dentist blieb geduldig. ›Dafür gab es mehrere Gründe‹, sagte er. ›Technisch gesehen, weil ihre nicht-gelähmte linke Hand einfach zu schwach war, die Waffe zu halten und gleichzeitig abzudrücken. Sie hatte ja nur diese eine Hand.‹ – ›Ach‹, staunte der Staatsanwalt. ›Und trotzdem war sie technisch gesehen in der Lage, damit herumzuknallen und die Munition auszutauschen?‹ – Schweigen. Ernst schwitzte auf der Hinterbank. Er dachte an den Satz: Ich werde Personal brauchen. – Ein Brief von Magdalena wurde verlesen, in dem sie wörtlich schrieb: ›Ich neige von Natur aus nicht dazu, fruchtbar zu sein – ist das nicht praktisch?‹ – und plötzlich ging ihm mitten im Gerichtssaal ein Licht auf. Magali hatte ihn verlassen, weil er Kinder wollte; sie wußte, daß sie keine bekommen konnte. – Der Angeklagte vorne sprach davon, daß Magdalena durch die Lähmung psychopathisch geworden war und sich benahm wie ein Kind. ›Sie konnte irrsinnig lästig sein‹, sagte er müde. Und der Staatsanwalt replizierte: ›So lästig, daß Sie keinen anderen Ausweg mehr sahen, als sie zu erschießen?‹ Der Angeklagte ging darauf gar nicht ein und grübelte laut vor sich hin: ›Warum kam sie eigentlich zu mir? Warum?‹ – ›Es scheint, daß Ihre Geliebte Sie nicht besonders geschätzt hat‹, resümierte der Staatsanwalt. ›Wahrscheinlich wollte sie Sie verlassen. Sie haben erst durch Drohungen versucht, sie zurückzuhalten, und dann mit Gewalt.‹

Ernst floh aus dem Gerichtssaal. Anderntags schlich er sich wieder hin. Er wußte jetzt alles und doch nicht alles. Sätze dröhnten ihm im Ohr. *Alles richtet sich, und alles ist ein Haufen Gespinst.* Eines verstand er nicht: Wenn sie schon eine so allgemeine Zerstörung anrichtete, warum hatte sie ihn nicht mit einbezogen? Er fühlte sich als der wahre Schuldige – warum hatte sie nicht ihn, sondern einen Zufallsbekannten vernichtet? Ernst kam mit diesem Problem zu mir«, sagte Atala und lächelte flüchtig.

»Und was haben Sie ihm gesagt?«

»Daß man vielleicht irgend etwas übersehen hatte. Aber das wollte er gar nicht hören. Er wollte hören: Weil sie mich liebte. Das schlechte Gewissen plagte ihn; er fing an, mit sich selbst zu reden in dieser Zeit.«

»Und was passierte dann?«

»Oh, der Dentist bekam zwölf Jahre. Der Verteidiger plädierte auf fahrlässige Tötung und forderte Freispruch. Die Geschworenen folgten aber dem Staatsanwalt und erkannten auf Mord im Affekt. Es gab einige Umstände, die den Angeklagten in den Augen von phantasieärmeren Menschen schwer belasteten. So hatte er noch in der Tatnacht seine dritte Exfrau angerufen und sie angefleht, ihm zu helfen, Magdalenas Leiche zu beseitigen. Er war insgesamt fünfmal verheiratet und fünfmal geschieden – auch das ärgerte die Geschworenen. Als sich die dritte Exfrau am Telefon weigerte, drohte er, es werde etwas Fürchterliches geschehen. Die Frau verließ ihre Wohnung aus Angst vor einer Gewalttat ihres Exmannes und ging in ein

Hotel. – Diese Frau sagte vor Gericht etwas Interessantes über Magali. ›Als ich sie zum erstenmal in seiner Wohnung sah, dachte ich, ach, eine kleine Nutte. Er hat sich eine kleine Nutte mitgebracht. Doch dann begriff ich, daß sie völlig auf einen inneren Raum konzentriert lebte. Sie war eine Intellektuelle.‹ – Wie finden Sie diese Definition? Mir scheint sie recht originell.«

Atala zupfte eine Zigarette aus einer vollen angerissenen Packung, zündete ein Streichholz an, sog den Rauch ein und fuchtelte das Streichholz wieder aus.

»Ich verstehe wohl nicht richtig«, sagte ich, »Ernst hat also auch nach dem Urteil nichts unternommen, um den Dentisten zu entlasten? Er hat nichts von Magalis Konflikt erzählt und von ihrem Satz, daß sie Personal brauche zum Selbstmord?«

»Nein, warum auch«, antwortete Atala ruhig. »Das Böse soll ruhig in der Welt bleiben.«

Nach einer Weile fuhr sie fort: »Im übrigen ist die Sache nicht so klar, wie ein voreingenommener Zuhörer denken könnte. Magali schrieb im fraglichen Satz genaugenommen nichts von Selbstmord. Sie schrieb nur: *Ich stelle mir mich vor als durch den Kopf geschossen.* Damals lebte sie schon wochenlang mit dem Dentisten in ihrer Privathölle aus Nichtliebe, Ekel, Degout. Sie hatte Gelegenheit, den Dentisten als jähzornigen Gewaltmenschen zu erleben. Seine vierte Ex-Ehefrau hatte ihn schon früher einmal angezeigt wegen Körperverletzung und Freiheitsberaubung. Magali wollte mit ihrem Briefchen, das Ernst auf mein Anraten vernichtet hat, nur zum Ausdruck bringen, daß zwei Tendenzen erfreulicherweise parallel liefen: ihr

Lebensüberdruß – und die Gewalttätigkeit eines Menschen, der, wer weiß, zum fünften, sechsten Mal von einer Frau an der Nase herumgeführt worden war, die ihn nicht liebte – man denke nur an sein Äußeres, seine merkwürdige Art, die Dinge beim Namen zu nennen – und die ihn lediglich wieder für irgend etwas zu benützen versuchte.«

»Ich weiß nicht, wer mir bei dieser Geschichte mehr leid tut«, sagte ich, »Magali oder der Dentist.«

»Das weiß niemand«, sagte Atala nachdenklich. »Die Entscheidung der Geschworenen war übrigens äußerst knapp. Ich redete Ernst ein, der Fall würde über kurz oder lang sowieso wieder aufgerollt. Inzwischen starb der Dentist in der Haft. Er war schwer krank gewesen. Im übrigen kann sich diese Geschichte leicht wiederholen. Aber dann wird Ernst der Betroffene sein. Nehmen wir an, eine seiner Puppen rächt sich für seine Gleichgültigkeit... *nicht* mit Blumen, allerdings.«

Warum hatte sich Magali nicht mit Ernst ausgesprochen? dachte ich an den Rätseln dieser Geschichte entlang, von der ich mich nicht lösen konnte.

»Ach, sie hatte nicht die geringste Chance. Sie hätte vor Ernsts Mutter keine Gnade gefunden – sie wohl am allerwenigsten. Eine behinderte Amazone? Eine abhängige Unabhängige? Höchstens in der Lage, Bilder zu malen, aber nicht, einen Haushalt zu führen? Gerade hatte sie mit Ernst ein anarchisches Idyll geschaffen. Aber sie kannte seine Mutter und deren gnadenlose Versorgungstaktik. Unter Berufung auf das *Normalste von der Welt* wäre sie aus dem Paradies vertrieben worden, einem Paradies auf Zeit. – Irgendwo hatte sie den Dentisten kennengelernt, und dieser Mann war auf der Suche nach einem Menschen ohne Anhang. Magali glaubte, was er ihr im Überschwang versprach. Er wolle ihr Mäzen sein. Sie könne sich frei bewegen. Er würde alle Reisen bezahlen. Die Woche über war er sowieso nicht zu Hause, seine Praxis befand sich in einer anderen Stadt. Jeder der beiden rechnete sich reich. – Die Wirklichkeit sah anders aus. Magali begriff bald, daß ihr Ziel, mit Hilfe des Dentisten berühmt zu werden, unerreichbar blieb. Sie liebte ihn nicht, und alles, was ihn wiederum an ihr interessierte, war der Schein einer halben Liebe, *mit einer Viertelhand gegeben*, wie er in taktvoller Anspielung auf ihre gelähmte rechte Hand sagte.

Die Wochenenden – welche Hölle!

Magali kaufte niemals ein, räumte niemals auf. Während sich die Wohnung mit Müll füllte, versuchte der Dentist, Magali spätestens am Sonntag nachmittag zu verspeisen. Den Samstag über konnte er sich noch beherrschen, aber dann erwartete er Liebe. *Blendende Zahnreihen fallen vor die hungrigen Wilden*, schrieb Magali. Nachdem er sie erschossen hatte, säbelte er bezeichnenderweise wie in Trance eine halbe Stunde lang mit einem Obstmesser an ihr herum. Das fanden die Geschworenen auch nicht nett. Im übrigen blieb ihr Briefkasten gar nicht leer, denn der Dentist schrieb ihr alle möglichen Briefe. ›Man rührt etwas an, dreht sich um, müßte jemanden haben, der das Angerührte hält, aber niemand ist da‹ – gut, das war faßlich, allgemein verständlich und bezog sich darauf, wie mühsam seine Arbeit war ohne seine meist erkältete Assistentin. Aber Sätze wie ›Wer sich gegen die mögliche Existenz stellt, den wird am Ende die entfesselte Kraft niedertreten‹ klangen doch allzusehr nach Drohung.

›Du hättest eine zielgerichtete Kraft erlösen können‹, schrieb Magali zurück.

In der letzten Woche vor dem geplanten Selbstmord-Mord (vielleicht dachte der Dentist unabhängig von ihr an etwas ganz Ähnliches und behielt deshalb den achten Schuß zurück) schickte Magali verschiedenen Freunden zu Hause Briefchen, deren Durchschläge sie in der verschlossenen Schublade aufbewahrte. Der Dentist wußte nichts von ihrer Existenz, und sie belasteten ihn schwer. Magali schrieb, daß sie sich zunehmend bedroht fühle. Sie ahne schon *den Schatten des Todes*, aber die irrsinnigen Kämpfe seien noch nicht zu Ende. Dreimal habe sie ihm den Hausschlüssel vor die Füße geworfen, bereit zu gehen, aber er habe sie zurückgehalten. Sie schrieb auch, sie werde sich bemühen zu überleben, sie wolle nicht sterben. Man fand in der Schublade auch einen Durchschlag von Magalis letztem Brief an Ernst. Er trug aber keine Anrede, sondern als Titel nur den Satz *Warum ich rauche*.«

Atala stand auf und zog ein Blatt Papier aus einem Buch.

Ich las: »Warum ich rauche. – Vielleicht wäre ich gern Schauspielerin geworden. Wenn ich mir auf meinem Sofa zu Hause in der Dachstube eine Zigarette anzündete, war es immer, als beträte ich eine große, offene Bühne. Auf einmal wurde ich gesehen. Die Welt nahm mich wahr, weil ich rauchte. Dieses Spiel war albern, aber schön. Hüftwiegend ging ich an der Rampe auf und ab und blies den Rauch in ein imaginäres Publikum, das mich verehrte und begeistert auf das Schauspiel ›Sie-raucht-eine-Zigarette‹

blickte. Langsam füllte sich der Raum mit blauem Rauch. Der Rauch umnebelte mich und hüllte mich ein. Manchmal hatte ich den Eindruck, nur ein einziger Mensch sehe mir zu. Ein Mann. Er beobachtet mich fasziniert, mit glänzenden Augen. Wie raucht sie? Wie hält sie die Zigarette? Der Mann sitzt auf dem Sprung, seine Augen glänzen wirklich. Er würde die Asche aufheben, wenn ich sie auf den Boden fallen ließe, um sie in seiner Brusttasche zu bergen. So sehr verehrt er mich. Aber ich halte ihn hin, ich bestrafe ihn. Ich schenke ihm keine Asche. Sorgfältig tippe ich sie in den Aschenbecher, immer wieder. Für ihn – nichts. Langsam verzweifelt der Mann. Dies ist der Grund, warum ich rauche. – *Magali.*«

Das Wärme-Museum

Olinda erzählt Fälle von unsanftem Erwachen und von einem neuen Glück

Ich hatte mich mit Olinda angefreundet. Die Troika, das war ein weiterer klarer Vorteil, mußte mittags nicht bekocht werden, Olinda und ich saßen oft in der Innenstadt in einem italienischen Restaurant gegenüber vom Pfandhaus.

»Ich fahre überhaupt nicht gern zu Kongressen«, sagte Olinda und schüttelte den Kopf. »Dort fühle ich mich irgendwie heimatlos. Irgendein Kongreßteilnehmer nimmt zwangsläufig für mich die Qualität von ›zu Hause‹ an, ich verliebe mich in ihn und suche die Landschaft nach ihm ab, wenn er nicht da ist. Wenn er den Raum betritt, verbreitet er Wärme und Behagen. Es ist wie eine Sucht.«

Sie pickte eine Artischocke von ihrer Pizza.

»Ich möchte etwas wissen«, sagte ich, »kann sich ein Mensch bei sich allein zu Hause fühlen?«

Olinda dachte nach. »Zu Zeiten schon... Ich kenne Menschen, die haben bei sich selbst ein sehr gutes Zuhause. Anderen gelingt es nicht immer, vielen überhaupt nie. Aber schlimmer als kein Zuhause ist das falsche Zuhause. Wenn wir den falschen Mann im Haus haben oder mit unsympathischen Menschen unterwegs sind: mit Vorgesetzten, Untergebenen, Sachverständigen, Kolleginnen, was weiß ich. Ach, was habe ich mich früher auf Dienstreisen verliebt! Immer in unbekannte Wesen. Als könne man mit der wilden Zustimmung zu einer fremden Person das negative Gefühl für die bekannten Personen kompensieren, das einen so sehr beherrscht. Umgekehrt ist man gegen den Wahn immun, wenn man verliebt ist oder glücklich verheiratet. Ich würde es aber nicht Wahn nennen, sondern Anfälligkeit. Eine Art Paradieses-Sehnsucht.«

»Ich nenne es Blitzschläge«, sagte ich matt, »weil sie einen verzehren. Was macht deine Troika?«

»Ich bin dabei, sie abzubauen«, sagte Olinda errötend.

Merkwürdigerweise gefiel mir das gar nicht.

»Aber es ging doch so gut?« fragte ich mißtrauisch. »Was ist passiert? Warum baust du sie wieder ab?«

»Oh, der Sportlehrer mit dem Motorrad kam sowieso immer seltener«, entschuldigte sich Olinda. »Ich hätte für ihn einen Ersatz suchen müssen. Ehrlich gesagt hatte ich so etwas vor, als ich zu diesem Wochenendseminar fuhr... Und dann geschah etwas Merkwürdiges.

Es war eines dieser Seminare, in denen man sich selbst allen anderen vorstellen muß und anschließend sein Problem darlegen, so wie man es eben versteht. Ein schweigsamer Seminarleiter versucht dann mit wenigen, aber groben Worten zu beweisen, daß nicht dieses Problem das Problem ist, sondern ein ganz anderes, an das man vorher noch nie gedacht hat. Jeder Protest dagegen ist zwecklos.«

»Ich gehe auch nur deswegen hin«, fuhr Olinda nach einer Weile fort, »weil ich so gerne höre, was anderen Menschen das Leben verbittert. Das ist sehr unterhaltsam. Leider kommen viel mehr Frauen als Männer. Aber beim letztenmal war ein Mann dabei, den ich dem Namen nach kannte. Er arbeitet im selben Fach wie ich, und ich erinnerte mich sofort, daß ich einige Katalogeinführungen von ihm gelesen hatte. Dieser Mann – mit einer sehr guten Anstellung übrigens – hatte wohl gedacht, sich in völliger Anonymität sein Problem von der Seele reden zu können, und das war auch so. Zum Glück kannte er mich nicht. Er war als einer der ersten dran, und er erzählte gefaßt, aber nicht ohne Emotionen von seiner Vergangenheit, die unlängst über ihm zusammengebrochen sei. Er war seit fünfzehn Jahren verheiratet und hatte keine Kinder. Sein Leben hatte sich bis vor kurzem scheinbar völlig normal abgespielt. ›Ich ging frühmorgens zur Arbeit, und meine Frau blieb zu Haus‹, begann Sebastian O. seine Geschichte. ›Bis vor zirka zwei Jahren ging ich zum Mittagessen nach Hause, aber meiner Frau wurde das allmählich zu mühsam. Sie habe lieber den Tag zur freien Einteilung, sagte sie. Für mich war das überhaupt kein Problem, denn ich konnte in der Kantine essen.

Am Wochenende pflegten wir die Tugend der Geselligkeit. Unser Bekanntenkreis war riesig. So groß, daß die örtliche Freimaurerloge mich schon mehrfach freundlich zum Beitritt aufgefordert hatte, was ich unter dem Vorwand ablehnte, ich könne Geheimnisse so schlecht bewahren. In Wirklichkeit hatte ich einfach keine Zeit, meine Fachvorträge vor einem Laienpublikum von Bankdirektoren und Chefärzten zu halten, die in ihrer Freizeit Theater spielen.

Ungefähr vor zwei Jahren begann mir ein Phänomen

aufzufallen, das ich mir kaum erklären konnte. Die Frauen meiner Bekannten begannen, mir Avancen zu machen. Ich studierte mein Abbild im Spiegel, um herauszufinden, woran es liegen konnte. Ich entdeckte, daß meine Schläfen grau wurden, und erinnerte mich daran, daß ich einmal gelesen hatte, graue Schläfen wirkten unwiderstehlich auf viele Frauen. Es war wie eine Verschwörung, das Graue-Schläfen-Komplott. Ich beobachtete meine Frau, ob sie dieses Phänomen etwa auch wahrnahm und wie sie darauf reagierte. Aber meine Frau schritt solariumgebräunt und fönfrisiert durch die Menge, lächelte mit strahlend weißen Zähnen, und ich weiß noch, daß sie mir bei dieser unerwartet genauen Musterung plötzlich leid tat.

Nicht daß die Frauen der Bekannten mich geradezu bestürmt oder belagert hätten. Das Verwirrende war, daß sie mir alle wie auf Verabredung kleine Winke gaben, ›ganz zufällig‹ bei mir im Büro vorbeikamen, mir verstohlen die Hand drückten oder sich im Gedränge vor dem Buffet an mich preßten; die eine ließ ständig Papierservietten fallen, eine andere wollte von mir nach Hause gebracht werden – und eine besonders Mutige steckte mir einmal einen Zettel in die Jackentasche mit einer Telefonnummer und einer Uhrzeit darauf.

Ich hätte mir eine Menge Ärger erspart, wenn ich die ganze Sache weniger mystifiziert hätte, mir ein Herz gefaßt und einfach gefragt hätte: Was ist hier los? Aber ich wollte nicht gern einen Narren aus mir machen; deshalb behandelte ich die Frauen meiner Bekannten höflich, tat, als ob ich nichts bemerkte, und dachte: Das geht vorüber. Bald kehren wieder normale Zustände ein.

Aber diese normalen Zustände sollten nie mehr kommen. Eines Tages ging ich über Mittag nach Hause, weil ich für einen Aufsatz das Programmheft einer Theateraufführung brauchte, die wir – meine Frau und ich – zusammen gesehen hatten; es lag, wie ich mich erinnerte, in der Schublade unter dem Telefon. Ich öffnete also die Wohnungstür, meine Frau war nicht da. Ich kramte in der Schublade, fand das Programmheft und außerdem einen ledergebundenen Taschenkalender, wie ihn Versicherungen zu Weihnachten verschicken. Er war zur Hälfte vollgeschrieben. Die Seiten wellten sich, die Eintragungen mit Kugelschreiber hatten das Heftchen förmlich aufgetrieben. Die zweite Hälfte des Jahres war leer. Verwundert schlug ich die letzte Eintragung auf – es war das Datum desselben Tages. Dort standen die Namen von zwei Bekannten, der eine um elf, der andere um drei Uhr. Ich blätterte zurück und fand an jedem Werktag die Namen von zwei oder drei unserer Bekannten. Ein System ließ sich nicht erkennen. Wie ich schon sagte, unser Bekanntenkreis ist riesig. Es kostete mich erhebliche Mühe und Konzentration, auf Namen zu kommen, die nicht drinstanden. Nach einiger Zeit hatte ich drei oder vier beisammen. Zufällig waren unter den Nicht-Notierten zwei Rechtsanwälte; mit einem von ihnen verstand ich mich eigentlich gut, und ich rief ihn an.

Was ist hier los? – dieser Satz genügte vollkommen. Er bestellte mich in seine Kanzlei und machte die Türen zu. Dann sagte er: *Endlich.* – Was *endlich*? fragte ich gereizt. – Endlich ist es zu dir durchgedrungen, daß etwas nicht stimmt, sagte er. – Ich weiß, daß etwas nicht stimmt, gab ich zu. Seit zwei Jahren verfolgen mich die Frauen meiner Freunde. Aber was hat das mit diesem sonderbaren Terminkalender zu tun? – Seit zwei Jahren, sagte der Rechtsanwalt, unterhält deine Frau sexuelle Beziehungen mit jedem aus eurem Bekanntenkreis. Nicht mit mir, natürlich. Aber sonst so gut wie mit allen. – Ich war starr. *Wie ist das möglich?* fragte ich ehrlich erstaunt. Der Rechtsanwalt schien alles besser zu wissen als ich. – Wenn du in diesen Terminkalender schaust, sagte er schonungslos, wirst du sehen, daß viele Namen nur einmal vorkommen. Die meisten lassen es dabei bewenden. Ein kleinerer Kreis von ständig Interessierten bildete sich allerdings doch heraus, und der dreht sich nun wie ein Karussell. Ich nehme an, es sind die Frauen dieser Bekannten, die umgekehrt ein Auge auf dich geworfen haben. Ich muß allerdings sagen, deine Frau strebt so etwas an wie Vollständigkeit. Wenn jener eine Sünder Gott lieber ist als die neunundneunzig Gerechten, so ist ihr der noch fehlende Neue wichtiger als die vielen alten Kunden. Ihr Einsatz, diesen Fehlenden in die Liste zu bekommen, ist enorm. Wenn es nicht so makaber wäre, müßte man Respekt vor ihrer Leistung haben. Dir würde ich aber raten, dich schleunigst scheiden zu lassen. Deine Frau ist ganz offensichtlich übergeschnappt.

Ich war so benommen, daß ich mich weigerte, die Geschichte zu glauben. *Ich muß das überprüfen*, murmelte ich und ging ohne bestimmten Plan zurück in mein Büro. Der Rechtsanwalt sah mir besorgt nach.

Im Büro erinnerte ich mich an den Zettel mit der Telefonnummer jener besonders Mutigen und fand ihn tatsächlich noch irgendwo in meinem Schreibtisch. *Die* –

Frei 10 bis 15 Uhr stand darauf. In der Annahme, daß ich zu diesen Zeiten gefahrlos anrufen konnte, wählte ich die Nummer. Die besonders Mutige meldete sich. Sie war erfreut, mich zu hören, und lud mich auf ein Glas Weißwein ein. Dieses Glas Weißwein landete an der Wand ihres Eßzimmers zwischen zwei Bildern. Es fehlte nicht viel, und ich hätte ihre Wohnungseinrichtung vollständig zertrümmert. *Wie kommt dein Mann dazu, sich mit meiner Frau einzulassen?* schrie ich. Die Mutige nahm all ihren Mut zusammen, um mir zu antworten: *Wir haben geglaubt, ihr habt ein Abkommen.*

Es war sinnlos. Alles, was der Rechtsanwalt gesagt hatte, stimmte. Ich überlegte, wie Männer früher darauf reagiert hätten. Ein einzelner konnte sich doch unmöglich mit insgesamt hundertundfünfzig Mitmenschen duellieren, oder doch? Also tat ich, was der Rechtsanwalt mir geraten hatte. Ich nahm mir eine andere Wohnung und reichte die Scheidung ein. – Mein Problem ist, daß ich nicht damit fertig werde, was für einen unglaublichen Narren ich aus mir gemacht habe. Graue Schläfen! Ich lebe jetzt wie ein Einsiedler und habe den Kontakt zu meiner Vergangenheit völlig abgebrochen.‹

Du kannst dir vorstellen«, sagte Olinda strahlend, »mit welch warmer Anteilnahme das Seminar diese Geschichte verfolgte. Sebastian O. sieht sehr gut aus. Wie bereits mehrfach erwähnt, hat er graue Schläfen. Der Seminarleiter fing an zu erläutern, daß nicht die Männer seiner Frau das Problem gewesen seien, sondern die Tatsache, daß Sebastian O. selbst ein Auge auf die Frauen all seiner Bekannten geworfen habe und seine Frau eigentlich mit ihnen habe betrügen wollen. O. schaute sehr verdutzt drein bei dieser Deutung, er kannte die Spielregeln des Seminars noch nicht. ›Aber‹, protestierte er, ›das stimmt ja gar nicht, ich wollte schon immer hauptsächlich meine Ruhe, vielleicht ist das überhaupt das Problem, und meine Frau wollte… nun, ich weiß nicht, was meine Frau wollte.‹«

»Seine Frau«, sagte ich zu Olinda, »war ursprünglich sicher eine der siebzehn Geliebten von Paul.«

»Du meinst, sie hatte seine Krankheit«, sagte Olinda nachdenklich. »Aber höre weiter. Der Blick des Seminarleiters fiel jetzt auf mich. Nur, was sollte ich um Himmels willen erzählen? Ich hatte ursprünglich dem Seminar mein Problem mit der Troika vorlegen wollen, daß das jüngste Pferdchen lahmte, aber das konnte ich jetzt nicht mehr tun. Sebastian O. hätte mich sofort mit seiner nymphomanen Frau identifiziert. Fieberhaft überlegte ich, ob ich die alte Geschichte mit meinem Exmann und dem pornographischen Tagebuch noch einmal aufwärmen sollte. Mir war die Parallele zu O.s Geschichte gleich aufgefallen. Aber dann hätte er sich in mir unangenehm gespiegelt gefühlt. Eine blödsinnige Situation! Ich wollte mir die Sympathie meines Vorredners nicht verscherzen. Zu meiner Verwunderung hörte ich mich sagen: ›Ich verliebe mich immer in die falschen Männer.‹

Aber in so einem Seminar ist es ja streng verboten zu werten«, sagte Olinda. »Der Seminarleiter fühlte sich provoziert. ›Es gibt keine falschen Männer‹, sagte er streng. ›Außer – vielleicht – den Papst.‹

›Also dann unerreichbar‹, verbesserte ich. Aber das war auch eine Wertung und machte die Sache noch schlimmer.

›Kein Mann ist unerreichbar‹, sagte der Seminarleiter strafend. Endlich fiel mir die Geschichte ein. Ich hatte sie vor einiger Zeit selbst erlebt. Sie war meine Rettung. Erleichtert fing ich an zu erzählen.

Bei einem Arbeitsessen in H., rund tausend Kilometer von zu Hause entfernt, saß ich aus irgendeinem Grund ganz hinten in einer Ecke. Die Kollegen, die ich dort hatte treffen müssen, waren freundlich, aber fremd, ihre Gattinnen ziemlich laut. Das Lokal hieß *Schöne Neue Welt*, ein wundervoller Tummelplatz für Menschen, die lange über eine neue schwarzlila Paprikasorte plaudern können oder über ein noch wenig bekanntes italienisches Gewürz.

Bei jedem neuen Gelächter wurde mir ein wenig kälter. Um mich herum explodierten viele kleine Gelächter. Ich verstand nicht, *warum* auf bestimmte Bemerkungen gelacht wurde, die Bemerkungen erschienen mir fade und dumm. Ich schaute mich in der *Schönen Neuen Welt* um, und alles, was ich sah, waren bestickte Hemden, grelle Haare, Beute-Handtäschchen, genietete schwarzgoldene Gürtel und Ohrringe wie Ausrufezeichen. Aufstehen und fortgehen konnte ich nicht. Ich wohnte bei einem dieser Kollegenpaare; und dieses Paar machte keine Miene, nach Hause zu gehen, sondern schien sich im Gegenteil glänzend zu amüsieren.

Kurz vor der Sperrstunde betrat ein Mann das Lokal, der nicht so war wie die anderen. Er hatte Turnschuhe an den Füßen, lebhafte dunkle Augen und einen Ausdruck von Treuherzigkeit, der sich für mich in wenigen Minuten zu einem Ich-weiß-nicht-was an Leidenschaft, Vornehmheit,

Glut und Witz verklärte. Er schien die Wirtsleute gut zu kennen, setzte sich allein in die andere freie Ecke und aß mit gutem Appetit.

Ich starrte ihn an. Ein Mann, der allein in ein Restaurant kam. Gutaussehend, hungrig und freundlich. Einer, der sich seines Daseins freute und seelenvergnügt in seiner Ecke saß. Ein aufmerksamer, bescheidener, charmanter Mann in unmodischer Kleidung, offenbar auch intelligent und tiefer Bewunderung fähig. Seine Augen trabten wie vergnügte kleine Pferdchen im Lokal herum, ohne irgendwo anzuhalten. Dafür verdiente er Bewunderung, und zwar von mir. Die anderen Frauen im Lokal kamen nicht in Frage. Ihre Bewunderung war ihm zweifelsohne auch nicht erwünscht. Sie waren seiner unwürdig.

Eigentlich war dies ein gemütliches Lokal, sah ich jetzt kurz vor Schluß, die Wirtsleute ausgesprochen nette Menschen. Die Gäste zufrieden und heiter. Ich lehnte mich entspannt zurück. Der Dunkeläugige saß noch immer in seiner Ecke und aß mit gutem Appetit. Plötzlich erhob sich einer der Herren an unserem Tisch, entschuldigte sich und ging hinüber. Was war denn das? Die beiden kannten sich? Sie mußten sich gut kennen, denn der Herr von unserem Tisch legte ihm kurz die Hand auf die Schulter, und der Dunkeläugige legte daraufhin wohlerzogen Messer und Gabel beiseite. Dann lächelte er unwiderstehlich und beantwortete höchst graziös alle Fragen, die sein Gegenüber auf ihn abschoß. Er war überaus charmant – aber das sagte ich, glaube ich, schon.

Dann war Sperrstunde. Der Herr von unserem Tisch kam zu seiner Dame zurück, ein anderer Herr hatte bereits gezahlt, die Handtäschchen wurden ergriffen, Stühle gerückt, Jacken übergeworfen – wir gingen. Ich warf einen wehmütigen Blick auf den dunkeläugigen Turnschuhbesitzer, der noch mit seinem Nachtisch beschäftigt war. In unserer Gruppe wurde der Ruf laut, noch ›irgendwo‹ hinzugehen, wo man noch ›irgendwas‹ trinken konnte. In einem gewissen Sicherheitsabstand zur *Schönen Neuen Welt* fragte ich, ich weiß nicht mit welchem Mut, den Herrn, der den Mann am Ecktisch besucht hatte: ›Wer war das, den Sie vorhin begrüßt haben?‹ – ›Der Mann am Ecktisch?‹ wiederholte mein Begleiter. ›Ein spanischer Fernsehkorrespondent – warum?‹

Die Worte summten in meinem Kopf. Ein spanischer Fernsehkorrespondent. *Ein spanischer Fernsehkorrespondent.* Ein spanischer Fernsehkorrespondent!

›Den fand ich nett‹, hörte ich mich zu meiner Überraschung sagen. Es klang harmlos und völlig neutral. Der Herr, der den Mann am Ecktisch besucht hatte, blieb stehen und rief wohlwollend: ›Aber – dann nehmen wir ihn doch mit!‹ – Darauf war ich überhaupt nicht gefaßt. Schon drehte sich der Herr um und schätzte die Entfernung zur *Schönen Neuen Welt*, die er wieder zurückgehen mußte. Gleich würde er den anderen erzählen, daß man auf meinen Wunsch noch einen spanischen Fernsehkorrespondenten mitnehmen mußte. ›Nein, nein!‹ wehrte ich ab, ›auf keinen Fall!‹ – ›Warum denn nicht?‹ fragte mein Begleiter verwundert. – ›Er war doch erst bei seinem Nachtisch‹, sagte ich ganz beschämt.

Ist dir schon einmal aufgefallen«, unterbrach sich Olinda, »daß die dümmsten Argumente häufig größte Wirkung zeigen? Ich nehme an, durch die Verblüffung, die sie erregen. Dumme Argumente binden kurzfristig jene Energien, die man eigentlich zum Widerspruch braucht; man muß darüber nachgrübeln, was den anderen um Himmels willen dazu veranlaßt hat, so etwas zu sagen. – Es herrschte also Schweigen auf der nächtlichen Straße. Der Herr, der den Mann am Ecktisch besucht hatte, drehte sich bereits wieder in Richtung der anderen und dachte nach. Dabei fiel sein Blick auf mein Gesicht. Irgend etwas überraschte ihn sehr. Er dachte ein Weilchen nach und sagte diplomatisch: ›Es muß ja nicht gleich sein. Den holen wir uns noch!‹ – Ich atmete auf. ›Jaja‹, sagte ich, ›das ist besser so.‹

Am anderen Tag fuhr ich nach Hause. Phantasierend, delirierend. Über die Landschaft legte sich das Gesicht des Dunkeläugigen mit dem treuherzigen Blick. Bäume drehten sich hinter dem Glas vorbei, Hügel, Gras, Felder, Schienen. Was tu ich da, sagte eine entsetzte Stimme in meinem Innern, fahre weg von dem einzigen Menschen, der mir etwas bedeutet... dem einzigen, den ich hätte lieben können... von meinem Leben, meinem Glück! Daneben summte der verhängnisvolle Satz: *Den holen wir uns noch* in meinem Kopf. Ein Hoffnungssatz, aber in diesem Fall gab es keine: Ich wußte seinen Namen nicht, ich hatte kein einziges Wort mit ihm gewechselt. Ich würde die nächsten zwölf Monate auch nicht nach H. fahren. Der Herr, der den Mann am Ecktisch besuchte, hatte eine leere Versprechung abgegeben.

Im Speisewagen fuhr ich die nächsten paar hundert Kilometer und durchlebte im Geist dieselbe Szene noch einmal und noch einmal: Er kommt herein und lächelt. Er ist bescheiden, guter Laune. Er setzt sich an den Ecktisch und ißt. Er läßt die Augen vergnügt durch das Lokal wandern. Er läßt sich ansprechen, von dem Herrn an unserem Tisch. Er schaut herüber – wie sah er eigentlich aus? Ich erinnerte mich an weiße Hosen, ein dunkelrotes Hemd. Zweifellos war er mittelgroß und schlank. Visionen begannen mich zu plagen. Ich sah diesen Mann in einem Zimmer. Er erschien mir weitaus edler als alle Menschen, die ich kannte, ein Erzengel, ein Übermensch. Daß an diesem Abend keine Frau bei ihm war, hob ihn aus der Menge heraus. Vielleicht war er verheiratet?

Die nächsten hundert Kilometer beschäftigte ich mich mit dieser Frage. Bestimmt war er es nicht. Sonst hätte der Herr, der ihn gut kannte, niemals gesagt *Den holen wir uns noch.* In diesem Satz lag die Information: Er ist zu haben. Warum hatte ich Idiotin nicht darauf *bestanden*, ihn gleich an diesem Abend mitzunehmen? Wäre er überhaupt mitgekommen?

Nach Hause, nach Hause – der Zug fuhr durch schönes Land. Das Gesicht verschwand allmählich, der Ausdruck der Augen blieb. Frühmorgens war ich in H. abgefahren, in der Nacht kam ich an. Die Wohnung war aufgeräumt und leer. Durch die Jalousien fiel ein Streifen Straßenlicht, man sah das Laub der Bäume geisterhaft rascheln. Ein Paar entfernte sich mit klingenden Absätzen. Ich war zu Hause und doch nicht zu Hause. Ein Fremder hatte für mich die Qualität von ›Zuhause‹ angenommen, in meiner Vorstellung, tausend Kilometer weiter weg.

Drei Tage lang war ich das Opfer quälender Sehnsucht.

Es muß einen Raum geben im Menschen, in dem sich Bilder, Wellen, dunkle Sätze treffen. Ein Netz aus Dämmerung und Gold. In diesem Raum lief ein Film ab: Mein Leben mit dem Mann am Ecktisch. Es war geprägt von Rücksichtnahme, Treue und immerwährender Leidenschaft. *Den holen wir uns noch*. Stunden grübelte ich über die Bedeutung dieses Satzes nach. Wie kann man jemanden holen, der unerreichbar ist?

Nach drei Tagen kehrte mein Verstand allmählich zurück. Was um Himmels willen *sollte* ich eigentlich mit einem spanischen Fernsehkorrespondenten? Ich mochte Spanien überhaupt nicht, und zwar von klein auf. Fernsehkorrespondenten waren öffentliche Personen, und öffentliche Menschen mied ich wie die Pest. Langsam legte sich die Wehmut wieder, aber auch der Zustand intensiven Glücks, den ich drei Nächte lang empfunden hatte. Ich mußte kurzfristig wahnsinnig gewesen sein. In Gedanken einen Mann zu heiraten, den man eine Viertelstunde an einem Ecktisch hatte sitzen sehen! Völlig verrückt. In Gedanken schüttelte ich ihm kameradschaftlich die Hand. Entschuldige, sagte ich zum Abschied, aber ich fühlte mich so besonders einsam in H. Meine Begleiter waren schrecklich, und ich mußte trotzdem mit ihnen zusammensein. Du warst so schön und stumm. Ich wünsche dir von Herzen alles Gute. – Dies war das Ende meiner Geschichte.

Als ich mit ihr fertig war, trafen sich Sebastian O.s Augen und meine für den Bruchteil einer Sekunde. Der Seminarleiter wollte wissen, ob der Mann am Ecktisch in meinem Film irgend etwas gesprochen habe. Nein, sagte ich, es war ein Stummfilm, aber er hatte alles Erwünschte bereits gesagt. Dann geschah etwas Merkwürdiges. Das ganze Seminar fing an, lebhaft durcheinanderzureden. Jeder kannte diese Kongreßlieben, und jemand stellte die Theorie auf, ein solcher durchgemachter Kurzwahnsinn nehme den Charakter einer Impfung an. Bei späteren Begegnungen mit dem Angebeteten sei man immun. Man betrachte den leidenschaftlich Verehrten kritisch oder amüsiert, jedenfalls nicht mehr gläubig. Ähnelt Liebe einer Viruserkrankung? wollten andere wissen. Der Seminarleiter gab es auf, die Probleme noch nach seiner Art zu ordnen. – Nach dem Kurs gingen Sebastian O. und ich etwas trinken. ›Sie müssen mich für einen Trottel halten‹, sagte er. ›Ich fürchte, Sie mich auch‹, sagte ich. – Das war der Anfang unsrer Beziehung.

Die Troika habe ich abgebaut. Am lautesten lamentierte natürlich der ältere verheiratete Mann. Aber ich kann ihm nicht helfen. Als er drohte, sich etwas anzutun, gab ich ihm die Adresse des Seminars. Ich möchte wissen, was er dort für eine Geschichte erzählt. Komisch, die Vorstellung, daß man selbst Gegenstand einer Erzählung wird! Aber so, wie man im Sommer nicht verhindern kann, daß man auf all die Diapositive der Touristen kommt, die die Innenstadt fotografieren, so kann man auch nicht verhindern, daß man in einer Geschichte herumgereicht wird, die andere erzählen. Würde man sie zufällig mit anhören, man würde vor Kälte erschauern. Meine Idee ist, ein Wärme-Museum einzurichten, mit sämtlichen Blitzschlägen, Kongreßlieben und Anfällen von Kurzwahnsinn, die man erlebt hat. Ein Riesenreservoir an aufgespeicherter Glut.«

»Deiner Ansicht nach ist ein Kongreß eine Art Kraftwerk«, sagte ich zu Olinda, die sich zufrieden den Mund abwischte. »Jeder ist in irgend jemanden verliebt. Glutvolle Blicke ziehen sich wie Leuchtdrähte durch den Raum. Keiner sagt etwas darüber, jeder würde lieber an seinem Wahnsinn ersticken.«

Olinda kicherte. »Stell dir vor«, sagte sie, »es muß Menschen geben, die rasend in uns verliebt waren, ohne daß wir je das geringste davon gemerkt haben.«

Diese Vorstellung wirkte äußerst erheiternd, sogar auf mich.

»Aber«, schwächte Olinda ab, »natürlich ist niemals der ganze Kongreß verliebt. Sagen wir, der halbe. Ist dir schon aufgefallen, wie genial das *timing* ist? Dauert der Kongreß zwei Tage, wissen wir nach 24 Stunden, wer unser Auserwählter ist. Dauert er eine Woche, wissen wir es erst nach fünf Tagen. Wie auf Reisen, wenn wir gegen Ende in die Souvenirläden gehen. Man will sich etwas mitbringen, aber erst ganz zum Schluß.«

»Das ist logisch. Wir haben in drei Tagen versucht, uns dort heimisch zu fühlen, wir haben einen Teil von uns dort gelassen, wir müssen etwas mitnehmen.«

»Habe ich dir das Ende von Annas Geschichte erzählt?« fragte Olinda, während sie auf die Uhr schaute. »Sie ist weggezogen, regelrecht geflohen.«

»Anna?« versuchte ich mich zu erinnern. »Das war doch die, die geträumt hatte, der Schauspieler Unstruth habe sich in sie verliebt?«

»Sie hat es nicht geträumt«, sagte Olinda, »Unstruth bot das Bild eines schwer Verliebten, aber die Sache kam nie zum Austrag – sie war vor der Premiere weggefahren, und als sie zurückkam, war alles verändert.«

»Jetzt erinnere ich mich«, sagte ich. »Der rätselhafte Fall seines plötzlichen Erkaltens. Sie war dann voll Abscheu und Faszination in Gabors Harem geraten. Vor wem ist sie geflohen? Vor Gabor?«

»Nein. Gabor betreute Anna noch immer halbherzig neben seinen andern Damen mit, und der Eindruck, den er auf sie machte, war nie besonders stark. Sie floh vor Unstruths Wiedergänger – vor ihrem ewigen Gespenst.

Eines Abends kam Anna von einem ihrer Auenspaziergänge zurück. Geistesabwesend stand sie an der Bedarfsampel vor ihrem Haus. Das Fußgänger-Männchen sprang auf Rot, sie mußte warten. Ohne besondere Gefühle dachte sie: Zwei Schritte schneller, und ich wäre drüben gewesen. In diesem Augenblick brummten die Motoren der wartenden Autos los wie hungrige Bären. Sie wandte den Kopf und erkannte an der Spitze der langen Schlange den schweren Wagen von Unstruth. Langsam fuhr er an. Sie sah ihn am Steuer sitzen, geistesabwesend oder auch konzentriert. Sie hob einen Arm, der blieb auf halber Höhe schweben. Unstruth fuhr in seiner Karosse davon. Er hatte sie nicht gesehen.

Von diesem Augenblick an dachte Anna nur noch an ihn. Sie schickte ihm eine vorgedruckte Einladung zu einer alternativen Modeschau, an der sie mitwirkte. Natürlich kam er nicht. Aber sie glaubte, seinen Wagen gesehen zu haben, wie er rasch rückwärts aus dem Hof wieder herausfuhr. Was hatte das zu bedeuten? Hatte er den Mut nicht, die Beziehung wieder aufzunehmen? Die Theatersaison hatte wieder begonnen. In den Zeitungen erschienen Berichte und Interviews. Eine Journalistin hatte ihn gefragt: ›Was denken Sie von sich selbst?‹ und die Antwort hieß: ›Daß ich ein Narr bin.‹ Dies bezog Anna auf ihre Geschichte. Es fiel ihr ein, daß Unstruth ihr einmal eine Szene in einer Vorstellung geschenkt hatte. Da das Stück immer noch lief, holte sie sich eine Freikarte und setzte sich hinten ins Parkett, um zu sehen, ob er sie spielte oder nicht. Die Szene fehlte. Daraufhin holte sie sich für die nächste Vorstellung wieder eine Freikarte, diesmal für die zweite Reihe. Unstruth war ein Schauspieler, der ins Publikum spielen konnte, wenn er wollte. Erwartungsvoll lächelnd hob Anna ihr Gesicht aus der dunklen Reihe zur Rampe. ›Ich schwöre dir, er hat mich gesehen‹, sagte sie. – ›Er spielte nur noch für mich. Es war mir fast peinlich.‹ Unstruths Extempora waren so auffällig, daß die Leute aus ihrer Reihe mißtrauisch zu ihr hinüberschielten und die Leute in der ersten Reihe die Köpfe drehten, um zu sehen, wen er anspielte. Dies war ein deutliches Zeichen.

Bald darauf erschien in einer anderen Theaterzeitschrift ein anderes Interview. Es ging um eine Rolle, die Unstruth einstudierte, und er faßte sie zusammen in diesem Satz: ›Leidenschaftlich zu lieben und abgewiesen zu werden – was für eine schreckliche Erfahrung…‹ – Anna dachte an ein Telefongespräch, kurz vor der Premiere, vor ihrer unseligen Abreise. Unstruth sollte sie damals anrufen, um eine letzte Anprobe mit ihr auszumachen, an einem Sonntag. Der Anruf sollte gegen neun Uhr früh erfolgen und kam um neun Uhr zwanzig. Anna meldete sich. Am andern Ende blieb es still. Dann räusperte sich Unstruth und fragte heiser: ›Rufe ich zu früh an?‹ Anna antwortete: ›Nein, ich bin seit sechs Uhr auf.‹ Pause. Unstruth: ›Sind Sie fertig geworden?‹ Anna: ›Nicht ganz. Aber bis Mittag hab ich's geschafft.‹ Unstruth: ›Soll ich dann bei Ihnen vorbeikommen?‹ Anna: ›Nein, es genügt, wenn Sie heute abend etwas früher ins Theater kommen.‹ Unstruth: ›Ich soll also nicht bei Ihnen vorbeikommen?‹ Anna: ›Nein, nicht nötig.‹ Unstruth: ›Wir sehen uns also im Theater?‹ Anna: ›Ja.‹

Sie hatte ihn abgewiesen. Dies war ihre Abweisung gewesen. Wäre er an diesem Sonntag zu ihr gekommen, dann wäre all das geschehen, was sie damals nicht wollte. Und dann die Wohnung. Soviel Vertrauen hatte sie auch wieder nicht zu ihm, daß sie ihm ihre winzige Bruchbude mit Bad in der Küche gezeigt hätte. Es war ihr lieber, auf Distanz mit ihm zu kommunizieren.

Einige Zeit nach der alternativen Modeschau hatte Anna ihre erste eigene Ausstellung in einer kleinen Galerie. Diesmal schickte sie Unstruth eine Einladung und einen Brief dazu – wie in alten Zeiten. Sie hatte besonders zwingende Zitate gefunden, fand sie. Die Vernissage verstrich, Unstruth kam nicht. In den folgenden zwei Wochen saß sie als Stallwache in der kleinen Galerie. Entfernte sie sich auch nur für fünf Minuten, bereute sie es hinterher und glaubte, er wäre dagewesen und wieder fortgegangen. Beweisen konnte sie es aber nicht. Ihre kleine Ausstellung ging zu Ende. Unstruth hatte nicht geschrieben, nichts geschickt, nichts hinterlassen. Im Interview mit einer Frauenzeitschrift sagte er: ›Es ist schön, wenn man heimkommt, und jemand fragt, wie war's. Ich brauche meine Frau. Sie bewahrt mich vor Dummheiten.‹ Ein Foto zeigte Unstruth vertraulich Nase an Nase mit einer gutaussehenden älteren Dame. *Die Unstruths trinken gern ein Viertel Wein*, stand darunter.

Mit Anna wurde es immer schlimmer. Sie schrieb ihm Briefe – keine Antwort. Jede Nacht wachte sie auf und fiel vor Herzklopfen fast aus dem Bett. Warum *sagt* er mir nichts? war ihre ewig bohrende Frage. Sie schlief nicht mehr ein. Sie hörte das Telefon läuten, auch wenn es gar nicht klingelte. Sie äußerte Sätze wie: ›Ich kann jetzt verstehen, wie ein Mensch dazu kommt, einen anderen niederzuschießen.‹ Sie träumte davon, sich am Bühnenausgang aufzustellen und ihn niederzuschießen. Sie sagte verächtlich: Er hat mich gefoppt. Ich war eine Idiotin zu glauben, der feine Herr werde von seinem Podest heruntersteigen, um sich mit mir abzugeben.

Annas Freunde begannen, sich ernsthafte Sorgen zu machen. Als ihr ein Engagement in einer anderen Stadt angeboten wurde und sie annahm, waren alle erleichtert, sie selbst am meisten. Sie verschwand nicht nur, sie zog um. Gabor ließ Annas Mittwochnachmittage vakant, denn er spürte das Alter.

Sie schrieb mir eine Postkarte im verschlossenen Umschlag: ›Es scheint, daß er verblaßt. Ich dachte, ich würde ihn immer lieben, aber er verblaßt.‹ – Sehr gut. Wir machten sogar Witze: *Old actors never die, they just fade away* – und schlossen Wetten ab, ob man mit Anna demnächst wieder über etwas anderes als über Unstruth und sein rätselhaftes Verhalten würde reden können.

Eines Abends rief Anna mich an. Sie klang sehr nah, war aber noch in der anderen Stadt. ›Wie geht es dir?‹ fragte ich ahnungslos. Statt einer Antwort sagte sie: ›Ich habe heute vormittag Unstruth gesehen. Stell dir vor, Unstruth! Er hat mir zugewinkt. In einem Metzgerladen, mit seiner Frau.‹ – ›Wie bitte‹, sagte ich, ›Unstruth hat dir in einem Metzgerladen zugewinkt?‹ ›Ja, ganz eindeutig‹, sagte Anna. Sie klang erfreut und atemlos. ›Ich stand in diesem Metzgerladen, und er stand draußen mit seiner Frau. Sie schauten beide ins Schaufenster.‹ – ›Bei welchem Metzger denn?‹ fragte ich mißtrauisch. Anna nannte den Namen eines Nobelmetzgers. ›Bestimmt wollten sie dort einkaufen‹, rief sie munter. ›Aber dann hat er mich gesehen. Er hat mir zugewinkt, und sie sind weitergegangen. Unterwegs hat er sich noch einmal umgedreht. Er konnte natürlich nicht mit seiner Frau… du verstehst.‹ – Ich verstand gar nichts und war wütend, weil ich eine zu optimistische Wette verloren hatte. Zwei Tage später lasen wir alle in der Zeitung, daß Unstruths Frau gestorben war. Anna rief wieder an. Ihre Stimme klang belegt. ›Ich muß mir das alles eingebildet haben‹, sagte sie. ›Die beiden können an diesem Tag nicht bei diesem Metzger gewesen sein. Sie war ja längere Zeit krank. Aber was soll das heißen? Braucht er mich? Habe ich das Zweite Gesicht?‹

Glücklicherweise konnte sie noch mehrere Wochen aus ihrem Vertrag nicht heraus. Ich nehme an, daß sie ihm schrieb. Natürlich meldete er sich wieder nicht, und so ging bei ihr alles wieder von vorne los…«

»Glaubst du, daß Anna die Kongreßliebe von Unstruth

war?« fragte ich Olinda. »Und später war er gegen sie immun?«

»Vielleicht... Warum nicht?«

»Und wenn Unstruth ihr nun alles erklärt hätte?«

»Was hätte er ihr erklären sollen?«

»Nun, alles irgendwie auf einer Metaebene...«

»Auf einer Metaebene? ›Liebes Kind, du hast deine Schuldigkeit getan. Schau her – vor manchen Premieren fühle ich mich so einsam. Ich passe nicht recht ins Milieu – ein intelligenter Sonderling. Ich suche mir jemanden, der auch nicht dazupaßt. Ich klammere mich aus lauter Nostalgie an ihm fest – oder an ihr –, bis die Premiere vorbei ist. Ich werde von der Kritik gefeiert wie der verlorene Sohn. Ich passe eigentlich doch ganz gut ins Milieu. Ich bin wieder der Spitzenmann, der das Fünffache an Gage bekommt. Jedesmal, wenn die Proben beginnen, will ich in einem weißen Zimmer von vorn anfangen. Wenn sie beendet sind, trinke ich gern ein Glas Wein in meiner behaglichen Villa. Meine Frau bewahrt mich vor Dummheiten.‹ – Sag selbst, wie würde Anna auf eine solche Erklärung reagieren? Doch ganz genau so, wie sie bereits auf ihn reagiert hat. Gedemütigt, mit dem Impuls, ihn niederzuschießen, oder hoffnungsfroh mit Weiterwarten.«

»Dies ist ja gar nicht die Metaebene«, sagte ich.

»Sondern?«

»Irgendein einfacher Satz... ein Ausdruck der Wertschätzung... des Bedauerns...«

»Du vergißt, daß die beiden Parteien sich mittlerweile längst hassen«, sagte Olinda. »Es gibt hier keine Wertschätzung mehr. Und auch keine Metaebene. Es ist wie im

Krieg. Der Groll überlebt auf beiden Seiten, sonst nichts. *Er wagt es, mit mir zu spielen*? – Schon seit langem wirft Anna ihm alles mögliche vor. Er lebt falsch, er spielt falsch, er verschenkt die falschen Pralinen. Es gibt einen Punkt, an dem die enttäuschte Liebe umschlägt in Schulmeisterei. Und er? Was denkt er? Ich weiß es nicht. Wenn er wüßte, welch brennend intensive Rolle er in ihrem Kopf spielt, es würde ihm unheimlich…«

Kongreßlieben

Eigentlich hat man Nichts im Schleppnetz

»Nur die Fremden haben einen Zauber für mich«, sagte Atala mit einer wegwerfenden Handbewegung, »die Durchreisenden, Samtäugigen, Orientalen. Sie scheinen ihrerseits fasziniert von mir zu sein, hungrig, abgeschnitten von ihrem Sündenregister, und verfügbar. Übrigens scheint das nur so. Sie faszinieren mich, aber nicht wirklich. – Würde man uns nach unserem Tod aufschneiden, man fände nichts als Kälte und Sentimentalität. Das eine ist die Kehrseite des anderen.«

»Ich verstehe«, sagte ich, »daß Sie nach den Erfahrungen mit Gabor und Paul den Glauben an die einfache Liebe ein wenig verloren haben. Es ist die, die sich ins Leben einschleicht, unter Abwesenheit aller Widerstände. Es muß in Ihrem Leben auch diese Erfahrung gegeben haben. Erzählen Sie mir nicht, Sie hätten von klein auf im Kosmos der Berechnung gelebt und der Faszination.«

»Meine erste Liebe galt meinem Vater«, sagte Atala. »Es hat wenig Sinn, ihn zu beschreiben. Was sieht ein Kind in seinen Eltern, wenn es in sie verliebt ist? Nicht die Gesamtfigur, die berufliche Leistung, die Einschätzung durch Dritte oder die soziale Schicht, sondern das Einmalige und Zufällige. Eine Wangenlinie, ein Lachen, ein geheimnisvoller Geruch... Es spielt keine Rolle, ob die

Eltern häßlich sind oder schön. Ich hätte mich in die dümmsten Eltern verliebt, wenn sich in ihren Augen derselbe Ausdruck von Zuneigung gespiegelt hätte, wenn sie die Arme ähnlich liebevoll nach mir ausgestreckt hätten…

Gut. Das Idyll dauerte ein paar Jahre«, fuhr Atala nach einer Weile fort. »Aber dann geschah irgend etwas, denn schon im Alter von vier Jahren beschloß ich, meinen Vater zu betrügen – und zwar mit dem Radiomann. Jeden Abend sah ich, wie mein Vater fasziniert auf dessen Stimme horchte. Das Radio war ein großer, goldgerippter Kasten. Es hatte ein magisch glimmendes grünes Auge. Mein Vater sah mich nicht mehr. Er starrte blicklos irgendwo in den Raum, den ein anderer Mann mit seiner Stimme füllte.

Nun hatte ich zwei Männer. Der eine sprach wichtig aus dem Radio heraus, der andere horchte wichtig ins Radio hinein. Eines Abends kam ich auf die Idee, wenn schon mein angestrengt horchender Vater mich nicht mehr beachtete, dann könne wenigstens der Mann im Radio mich sehen. Bis zu den Schultern steckte er im Kasten, gleichzeitig schwebte er an einem luftigen Ort hinter den Häusern, wo auch die Nachrichten herkamen. Er sah mich durch sein magisch leuchtendes grünes Auge. Aber nicht nur mich. Sondern alle, die ihm zuhörten. Er sah in alle Häuser. – Das war fatal.

Nahm er mich wahr? Nahm er mich ernst? Wahrscheinlich dachte er, daß ich seine Nachrichten gar nicht verstand. Das stimmte. Ich verstand sie ja wirklich nicht. Wie konnte man so Verschiedenes zu einem Block zusammenpressen? Etwas Ungeheuerliches mußte die Verbindung bilden – so ungeheuer, daß man es niemals aussprechen durfte. Ein geheimnisvolles Verbrechen, eine Schuld.

Von meinem älteren Bruder wußte ich, was Geometrie war. Also legte ich mir jeden Abend einen Karton zurecht (er war grau und weiß und bildete das Rückgrat der Hemden meines Vaters, wenn sie aus der Reinigung kamen). Darauf zog ich Linien mit einem Lineal. Geometrie war Linien ziehen, und zwar alle durch einen Punkt. Das ergab eine Spinne oder einen Stern. Er sollte mich noch respektieren lernen, der Radiomann. Ich war ein ungewöhnliches kleines Mädchen, das nicht verdiente, daß man es nicht beachtete.

Viele Tage dauerte die Spannung dieser heimlichen Rendezvous, von denen ich nicht einmal wußte, ob es wirkliche Rendezvous waren. *Sah* er mich jetzt endlich? Anfangs setzte ich mich im Zimmer immer so, daß er mich in der riesigen Schar seiner Zuhörerinnen gut wahrnehmen konnte. Später, als wir uns schon besser kannten, fing ich an, mich zu verstecken. Oder ich kam zu spät. Ich wollte ihn aus der Reserve locken, er sollte mich vermissen.

Zum Beispiel wartete ich draußen auf dem Flur oder in der Küche, bis ich seine Stimme hörte, seine dunkle warme Stimme – wobei mich die versäumte Zeit zwar reute, aber irgendwie mußte ich ihn ja auf mich aufmerksam machen. Die andern Zuhörerinnen waren alle pünktlich. Ich wartete von Tag zu Tag länger, ging dann, als ob nichts wäre, zu meinem Stuhl, packte mein Lineal aus und begann zu zeichnen, wobei ich ihn gar nicht beachtete.

Aus seinem grünen Auge sah er mich an. Nur selten und beiläufig blickte ich hinüber. Dabei wartete ich inbrünstig auf das Zeichen. Er sollte zeigen, daß er mich wahrgenommen hatte, daß er sich freute, mich zu sehen.

Dieses Zeichen kam immer. An einem gerührten Vibrato in seiner Stimme hörte ich, daß er mich entdeckt hatte, an einer Pause, einer neuen Wärme, die seine Stimme durchdrang... Das Zeichen kam nie gleich, sondern immer erst nach einer Weile. Er hatte eben viel zu schauen, der Ärmste. Wenn es soweit war, setzte ich mich aufrecht hin und fing an zu strahlen. Er hatte mich gesehen. Es war soweit.

Ich sprach ihn frei von aller Schuld. Er war unbeteiligt an den Geschehnissen, die er meldete, und auch am ungeheuerlichen Zusammenhang war er schuldlos. Er war so gut, so zuverlässig und pünktlich. Unsere von niemandem bemerkte Geschichte dauerte Tage und Wochen.

Eines Abends war sie plötzlich zu Ende. So wird Neugier seit uralten Zeiten bestraft. ›Es stimmt doch, daß der Radiomann uns sieht?‹ hatte ich meinen Vater gefragt. Vielleicht wollte ich ihn eifersüchtig machen. Es war das Ende meiner Geschichte. Was, er sieht mich nicht? Er kann mich gar nicht sehen? Was für ein schrecklicher Betrug! Seit dieser Zeit schätze ich die Fremden. Bei ihnen bin ich sicher, daß sie mich *sehen*, wenn es auch nicht ausgemacht ist, daß sie *mich* sehen. Wer weiß, welche Fata-Morgana-Geschöpfe sie in ihren Köpfen mitbringen.«

»Das hieße, alle Elemente des Wahnsinns waren von Anfang an vorhanden?« fragte ich Atala. »Diese Faszination des Gesehen-Werdens? Dieses Zuspätkommen, das Versteckspiel, das Warten auf ein Zeichen?«

»Natürlich«, sagte Atala. »Später wird dieses Muster nur ausgefaltet, prunkvoller drapiert, schmerzhafter inszeniert, bis man eines Tages begreift, daß man das Nichts in seinem Schleppnetz fängt – nichts außer bunten Schatten. An diesem Punkt hört man auf, sich zu verlieben, erschöpft bis ins Mark. Die Elemente des Wahnsinns zerstreuen sich, wie Steine aus einem alten, großartigen, halb vergessenen Baukasten.«

»Und das muß eine Wohltat sein«, sagte ich überzeugt.

»Sie wissen ja nicht, was Sie sagen«, widersprach Atala. »Sich nicht mehr zu verlieben ist die schlimmste Krankheit, die es gibt.«

»Nein, wieso? Für alle, die sich zu oft verlieben, ist die Vorstellung paradiesisch.«

»Aber denken Sie an die Märchenkinder – Prinzessinnen kalt wie Fische, ewig unfrohe Königssöhne, starrblickende Nixen, die nicht mehr lachen können, zum Beispiel die schöne Lau – sie alle leiden an jener schlimmsten Krankheit des Nicht-mehr-Liebens. Sie können nur noch Menschen fressen. Die Krankheit wird daher sehr ernst genommen in unseren Märchen. Hunderte von Bewerbern müssen leider geköpft werden, bevor es dem hundertundersten gelingt, die unfrohen Kranken zu erlösen.«

»Also dies«, sagte ich ziemlich verblüfft, »ist wohl die seltsamste Auslegung der Paulschen Krankheit, die ich gehört habe. Diese Menschenfresser leiden nur an Gefühlskälte, weil sie vorher zu sehr geliebt haben? Und daher müssen sie in großangelegten Versuchsreihen erlöst werden?«

»Es sind die Fremden«, sagte Atala, »die Durchreisenden, die Zauberer des Mittelalters, die Unpassenden, Gänsehirten oder jüngsten Töchter, die dieses Wunder zustande bringen. – Ich halte immer Ausschau nach ihnen. Aber Sie schulden mir auch noch eine Geschichte – Ihre eigene nämlich. Sie spielte in einem Gastgarten unter Weinlaub, neben einer Gruppe von Spastikern, an einem See.«

»Dieser See war ganz blau«, sagte ich widerwillig.

»Am wichtigsten finde ich, daß Paul dort war. Paul! Nach so vielen Jahren. Sie haben ihn leibhaftig gesehen. Wie sah er aus? Alt und dick? Unglücklich? Er hatte damals die Anlage dazu.«

»Nein«, sagte ich wahrheitsgemäß. »Er war schlank, jugendlich und wirkte glücklich. Seine Frau ist eine der angenehmsten und freundlichsten Frauen, die ich je gesehen habe.«

»Aber Paul war damals schon ziemlich dick«, beharrte Atala. »Ich habe übrigens die logische Erklärung für das Zeichen gefunden.«

»Was für ein Zeichen?«

»Paul strahlte damals im dunklen Hörsaal wie die Sonne – erinnern Sie sich noch? Vor Freude, wie ich dachte, weil er mich gesehen hatte.«

»Im dunklen Saal«, sagte ich. »Ich erinnere mich jetzt.«

»Nun, dies hatte eine rationale, banale Ursache. Unter den Zuspätkommenden an der Tür, bei denen ich stand, herrschte Unruhe. Ein gewisses Scharren und Drängeln – was weiß ich. Paul drehte für kurze Zeit sein rundes Gesicht aus der Menge nach der Lärmquelle. Auf der Leinwand kam gerade eine Sequenz von hellen Szenen und Schnitten, ihr Widerschein fiel direkt auf sein flächiges Gesicht, und es begann zu leuchten. Aber nicht wie die Sonne, sondern wie der Mond. Es fing einfach mehr Licht, einen Augenblick lang.«

»Aber er strahlte doch, er lächelte?«

»Nein, vermutlich kniff er die Augen zusammen. Er war zu eitel für eine Brille.«

»Das ist er immer noch«, sagte ich. »Mimi mußte für ihn in die Ferne sehen. Trotzdem glaube ich selbst an diese Zeichen. Warum drehte gerade *er* den Kopf, er als einziger, und gerade in diesem Augenblick? Offenbar wartete er doch auf jemanden.«

»Möglich«, sagte Atala flüchtig. »Aber nicht auf mich. Jedenfalls hat ihn später Mimi erlöst, eine gelungene Erlösung dauerhafter Natur, wie es scheint, und aus Paul wurde ebenfalls Mimi. – Aber an diesem Tag war im Gastgarten noch jemand anwesend, ein langer Mensch, der sich Zigaretten drehte und unordentlicher aussah als die anderen. Der mit den bernsteinfarbenen Augen.«

»Was soll mit ihm gewesen sein?« fragte ich verlegen. »Es war einer dieser typischen Blitzschläge, sonst nichts.«

»Auch das Nichts hat seine Vorgeschichte«, sagte Atala. Sie ließ nicht locker.

»Also gut«, sagte ich und begann widerwillig mit der Vorgeschichte des Nichts. »Ich war nicht glücklich in dieser Zeit, und das bildete ich mir nicht nur ein. Menschen zogen von mir fort, und manchmal fuhr ich stundenlang nachts im Zug und sah die Lichter anderer Menschen mit brennendem Neid. Ich stellte mir vor, ich würde als Fremder an meiner nächtlichen Wohnung vorbeifahren – würden ihre Lichter mich dann anheimeln? Sicher. Kaum betrat ich sie aber selbst, war sie hohl und leer.

Ich fing an, mich auf Reisen zu verlieben. Kam ich in einen Raum mit fremden Menschen, fing ein merkwürdiges Uhrwerk an, sich in meinem Kopf zu drehen – eine Maschine, die Spreu vom Weizen sonderte und von allen Anwesenden den übrigbehielt, der am wenigsten unpassend war, wie ich meinte, eben am *passendsten.*

Was mich dabei am meisten verblüffte, war die Drehzahl der kleinen Maschine. Sie brauchte oft keine Viertelstunde, und das Ergebnis stand fest. Besonders übersichtlich sind große Hotelhallen mit niedrigen Sesseln. Dort sammeln sich die Teilnehmer von Seminaren und Tagungen und mustern sich mit verstohlenen Blicken. Bei einer solchen Tagung war mein erster Espresso noch nicht kalt, als ich schon feststellte, daß das Objekt meiner diesmaligen Begierde in der Nachbar-Sitzgruppe saß, Tee trank und Zeitung las. Leider war ein anderer Tagungsteilnehmer aber noch schneller gewesen als ich und hatte mich für sich auserkoren. Ob ich Lust hätte auf einen kleinen Spaziergang? Bißchen raus aus dem Hotel und durch die Stadt? Ich hatte absolut keine Lust auf *bißchen raus aus dem Hotel,* aber zu meiner nicht geringen Verwunderung ging ich mit. *(Sich nicht verraten, das ist alles.)*

Nie sind mir Straßen einer fremden Stadt besser im Gedächtnis geblieben. Ich ging und redete nur widerstrebend, und diese Opposition wirkte wie durchsichtiger Leim. Die Tür eines Juweliergeschäftes stand offen. Wir sprachen über einen Banküberfall. Das Denkmal eines dicken Dichters wanderte vorbei, er schwebte über einem gepflegten Rasenviereck. Ein Polizeiauto jagte mit Blaulicht über den Boulevard. Ich ging schnell und immer schneller, um rasch wieder umkehren zu können. In Gedanken kompensierte ich jeden Schritt mit einem Gegenschritt rückwärts und zählte die Sekunden, wann ich schicklicherweise umdrehen konnte, ohne mich zu verraten. Man ist wie eine Maschine in solchen Augenblicken.

Endlich kam der *point of possible return*. Das Pferdchen machte kehrt. Nun schleifte ich den Unerwünschten im Galopp zurück nach Hause. Nach Hause? Zurück ins Hotel, wo meine Wärmequelle nicht mehr saß. Ich sah noch seinen Abdruck auf dem Sessel, einen Ausdruck des Bedauerns über dem Tisch, dem Aschenbecher. Die Luft war hohl, die Halle leer. Ich sah ihn nicht mehr wieder, am nächsten Tag nicht und auch später nicht, denn er gehörte gar nicht zu den Tagungsteilnehmern. – Solche Geschichten enden also im Nichts.«

»Das ist nicht weiter schlimm«, sagte Atala. »Solche Blitzschläge sterben ohnehin nach drei Tagen an Nahrungsmangel. Man braucht günstige Bedingungen, braucht Nähe, niedrigen Telefontarif.«

»Dieser Ansicht war ich auch«, sagte ich, »aber auf ebendieser Tagung lernte ich am allerletzten Tag einen Experten kennen.«

»Einen Experten?«

»Es war ein großer schwerer Mann mit einer seltsam kleinen Nase. Beim Gehen bewegte er sich wie ein Roboter; er hatte lauter Plastikvenen im Leib. Er saß meist ruhig in seinem Sessel, sah vornehm aus und sagte plötzlich zu mir: ›Jeder bemerkt jede.‹

›Jeder bemerkt jede?‹ fragte ich zurück. ›Sind Sie da ganz sicher?‹

›Völlig sicher‹, sagte er. ›Hören Sie mal, ich bin sechzig Jahre alt. Ich habe jede denkbare Erfahrung gemacht.‹

›Unsinn‹, sagte ich. ›Kein Mensch hat jede Erfahrung gemacht, bevor er stirbt.‹

›Ich war schon mal klinisch tot‹, sagte der seltsame Mann. ›Es ist wirklich nichts Besonderes.‹

Darauf wußte ich nicht recht, was ich erwidern sollte, und sagte vorsichtig ›ach so‹.

›In meinem ganzen Leben habe ich immer mehr geliebt, als ich geliebt wurde‹, sagte der unheimliche Mensch plötzlich mit Nachdruck.

Dieser Satz war mir ausgesprochen peinlich. Worauf wollte er hinaus? Woher wollte er es überhaupt wissen? Vielleicht gab es Frauen, die sich in Sehnsucht nach ihm verzehrten, und er hatte es nicht einmal gemerkt?

›Ich finde alles heraus, denn ich rufe hinterher an‹, sagte der Mann mit den Plastikvenen. ›Dabei profitiere ich von der Tatsache, daß die meisten Menschen sich über einen Anruf freuen. Außerdem denkt keiner immerzu an Liebe – außer Ihnen und mir. Sie müssen sich ins Gedächtnis rufen: Die meisten Menschen sind vollkommen glücklich und zufrieden. Mit ein wenig Kaltblütigkeit verläuft daher alles beherrscht und normal.‹

›Ich rufe immer gleich nach dem Kongreß an‹, fuhr er nach einer Weile fort, ›unter dem Vorwand, daß ich noch dies und das erfragen muß. Hat die Bestimmte sich auch in mich verliebt, schießt ihre Rührung ins Kraut: das Gespräch dauert Stunden. Wenn nicht, dauert es fünf Minuten. Und hinterher ist man frei. – Es dauert immer fünf Minuten‹, setzte er hinzu, als er mein Gesicht sah.

›Es gibt keine Mischformen?‹ fragte ich.

›Nein‹, beharrte der Plastikmann, ›*entweder – oder*. Ich habe einen Würfel neben dem Telefon. Der erfahrene Wahnsinnige würfelt.‹

Unmittelbar nach dieser Tagung rief mich jemand an. Der Plastikmann.

›Neinnein‹, sagte ich. ›Ich bin nicht gerührt. Hier schießt nichts ins Kraut. Es hat keinen Zweck.‹

›Schade‹, sagte die Stimme am anderen Ende. ›Dabei hatte ich grade dreimal die Sechs.‹

Kurze Zeit nach dieser Tagung fragte mich eine Freundin, die im Landwirtschaftsministerium arbeitete, ob ich sie nicht zu einem Kongreß begleiten wolle. Es war ein Landwirtschaftskongreß, und ich hatte dort absolut nichts zu suchen. Wir amüsierten uns sehr. Es war leichter, zu zweit aufzutreten und alles zu besprechen. Ich hatte schon die Hoffnung, von meiner Blitzschlag-Sucht geheilt zu sein. Aber nein. Damit war es wieder nichts.«

»Wieder nichts«, echote Atala.

»Ein schwermütig aussehender jüngerer Landwirt hatte es uns angetan, meiner Freundin und mir. Er segelte im Schlepptau eines älteren Kollegen, der bedeutend zugänglicher schien und eben darum nicht so interessant war. – Wir verbrachten den Rest des Kongresses sehr gemütlich zu viert, wobei meine Freundin und ich versuchten, uns für den jüngeren Landwirt so günstig wie möglich in

Szene zu setzen. Das war gar nicht so einfach, denn der jüngere schwermütige Landwirt wirkte sehr verschlossen. Mir fiel der Satz des Experten ein *Jeder bemerkt jede*, aber ich war nicht sicher, ob das wirklich zutraf.

Teilnehmerverzeichnisse sind eine großartige Erfindung. Darin stehen alle Teilnehmer mit Telefonnummer. Der zugängliche ältere Kollege verteilte überdies noch seine Visitenkarte. Der Jüngere betrachtete schwermütig bald meine Freundin, bald mich, und ließ absolut nicht erkennen, was er dachte.

Die kurze letzte Nacht verbrachten meine Freundin und ich schweigend in unserem Doppelzimmer. Der Blitz hatte eingeschlagen. Das Fieber tobte. Wir hofften auf das Frühstück.

Aber wie setzt man sich günstig in Szene für jemanden, dessen Charakter man gar nicht kennt? Dieses Problem hielt mich längere Zeit wach. Schließlich vertraute ich meiner Improvisationsgabe und schlief ein. Mir würde schon irgend etwas einfallen.

Als wir übernächtigt in den Frühstücksraum kamen, warteten schon die weichen Eier auf uns sowie der zugängliche ältere Kollege. Wir plauderten. Plötzlich brachte der ältere Kollege absichtlich unsern schönen Jüngling zur Sprache. ›Er sah sehr schlecht aus heute früh‹, sagte er kopfschüttelnd. ›Ich habe ihn gefragt: Was hast du denn heute nacht gemacht? Und er sagte *Nichts, nichts*...‹ – Während dieser interessanten Mitteilung behielt er uns scharf im Auge. Rede du nur, dachte ich – meine Freundin dachte das auch –, bald kommt dein schöner junger Freund, und das Leben wird wieder hell. ›Leider‹, fuhr der ältere Kollege fort, wobei er uns abwechselnd ansah, ›mußte er heute schon ganz früh abreisen! Ich glaube, er hat wirklich ernste Probleme.‹ – Wie bitte?! Meine Freundin und ich wollten gerade unsere Eier köpfen. Meine Freundin hielt überrascht sekundenlang inne. Ich bin abgebrühter. Ich köpfte.

Und nun? Wir taten beide, als ob es uns nichts ausmachte. Wir sprachen auch nicht darüber. Zu Hause angekommen, dachte ich an den Rat des Experten: Gleich hinterher anrufen. In diesen Dingen war ich ein Neuling. Ich wagte nicht, den schwermütigen jüngeren Landwirt selbst zu stören. Mit jenem Spinneninstinkt, der uns ein großes Netz weben läßt, um eine kleine Beute zu fangen, rief ich zunächst den älteren Kollegen an. Und was passierte? Am andern Ende der Leitung schoß die Rührung ins Kraut. Sofort rief er mich zurück. ›Ich habe imaginäre Gespräche mit Ihnen geführt‹, rief er, ›und die ganze Zeit an Sie gedacht.‹ – ›Was hab ich in diesen Gesprächen gesagt?‹ fragte ich erschrocken. ›Alles Erwünschte.‹ Dieses Gespräch dauerte wirklich Stunden – Stunden, bis ich den Herrn überzeugt hatte, daß alles nichts weiter war als der Irrtum einer Novize.«

»Und dann?« fragte Atala neugierig.

»Dann nichts«, sagte ich. »Nach drei Tagen hatte ich auch den jüngeren Landwirt vergessen. Aber diese Blitzschläge – sie müssen doch irgendeine Funktion haben, grübelte ich. Eine Art Training? Oder bearbeitende Funktion? Machen sie einen reif für die große Leidenschaft? Ich weiß es bis heute nicht.

Dann kam der Tag, an dem meine Wahrnehmung völlig

verdreht war – der Tag mit Mimi und Paul in diesem Gastgarten am blauen See. Grünes Weinlaub, glitzerndes Wasser, Stühleknirschen, die Spastiker – und ich viele hundert Kilometer von zu Hause weg. Das Essen war gut, die Unterhaltung freundlich, aber ich verabscheute die Ansammlung fremder Gesichter und Weltanschauungen um mich herum. Es kam dann etwas später einer, ein schlaksiger langer Mann, der ruhiger schien als die anderen. Seine Finger waren gelb vom Nikotin, und seine Augen glänzten wie Bernsteine.

Plötzlich knirschte der Kies, eine Gruppe von Spastikern marschierte durch den Schatten, gefolgt von einem wunderschönen Mädchen mit langen Haaren. Sie rückten mit den Gartenstühlen und lachten. – Der Mann mit den Bernsteinaugen drehte sich eine Zigarette. Eine gewisse Schlampigkeit gefiel mir, eine Art Untertreibung, die Art, wie er sein abgeschabtes Tweedjackett bewohnte. Einmal setzte er sich aus der Sonne in den Schatten und dabei neben mich – was nichts besagen will, oder jedenfalls nicht viel. Plötzlich fingen die dicht verwachsenen Laubengänge vor mir an zu glänzen, die Wellen ordneten sich glitzernd im See, mein Nachbar sagte wenig, ich sagte gar nichts mehr und wurde zufrieden wie ein Kind.

Wir fuhren dann im großen, ziemlich unaufgeräumten Auto meines Nachbarn um den See. Paul und Mimi schwatzten. Der Fahrer hatte seine Hände ruhig auf dem Steuer. Ab und zu trafen sich unsere Blicke im Rückspiegel. Ich hatte keine Ahnung, was er dachte, während die Bemerkungen ringsum tief in mich einsanken. Es war ein schöner Tag. Jeder von uns hatte sich irgendwie freigenommen. Es ging, entfernt und vage, um ein Filmprojekt mit dem Titel *Mimi Vergißmeinnicht*. Es kam übrigens niemals zustande, soviel ich weiß.

Die Mühle im Kopf war diesmal kaum beansprucht. Kein Wunder: zwei arrogante Assistenten, der monogam gewordene sechzigjährige Paul, seine Frau Mimi – nun, es blieb überhaupt nur dieser ruhige, vertrauenerweckend schlampige Typ. Die Mühle lief praktisch leer. Aber es schien, daß sie gewohnheitsmäßig etwas zu beißen suchte, sie wollte weitermahlen, sich weiterdrehen.

Im Gastgarten erschienen die Spastiker. Sie setzten sich und kicherten und lachten. Während ich mich innerhalb von wenigen Sekunden wieder einmal verliebte, sah ich plötzlich bei jedem einzelnen das Grundmuster durchschimmern – sein Gesicht, wie die Natur es ursprünglich gewollt und der Zufall es später verschoben hatte. Ich ließ meinen Blick von einem zum andern wandern. Schließlich kam er wieder beim schönen Mädchen heraus. Jetzt erschien sie mir häßlich, und ihre Schützlinge schön. Wahrscheinlich war sie Sozialpädagogin. Ich studierte ihr ebenmäßiges Gesicht, ihre strahlenden Augen – und plötzlich war doch *sie* wieder schön, die Schützlinge häßlich. Meine Wahrnehmung war nur noch ein Spielstein, der beliebig hin und her geschoben wurde, abgelöst von der Wirklichkeit.

Daraus geht« – sagte ich zur aufmerksam lauschenden Atala – »eigentlich überhaupt nichts hervor. Anderntags fuhr ich im Zug nach Hause. Ich trank einen halben Liter Fendant im Speisewagen und nahm mir vor: Ich tu's. Ich wußte nur den Namen meines Tischnachbarn – weder seine Telefonnummer noch seine Adresse. Wenn die Auskunft seine Nummer hat, wettete ich mit dem Schicksal, dann rufe ich ihn übermorgen an.«

»Und?« fragte Atala.

»Es war ein nettes kleines Gespräch.«

»Dauer?«

»Zehn Minuten.«

»Und weiter?«

»Nichts …«

Atala war gegangen. Der Duft ihrer Zigaretten hing noch im Raum. Merkwürdig. Sie war so kühl, so hochmütig. Jeder Mensch sehnt sich nach Liebe. Nur sie selbst hatte eigentlich mehr Sehnsucht nach der Sehnsucht.

Sie würde sofort mit mir tauschen, hatte sie mir versichert. Weil sie in der *Vorgeschichte des Nichts* nichts entdeckt hatte, was zu erleben ihr unangenehm wäre. Liebeswahn ist schöner als nichts, sagte sie beim Hinausgehen.

Der Duft ihrer Zigaretten hing noch immer im Raum. Ich amüsierte mich bei der Vorstellung, wie Atala von einem Gänsehirten erlöst wurde. Oder von einem fremden Prinzen, einem Verbrecher. Wahrhaftig, dachte ich, Verbrecher sind nicht unbedingt das Problem – vorausgesetzt, daß sie uns wiederlieben.

Meine düsteren Gestalten winken mir. Sie wollen ihre Geschichte erzählen. Neugierig umkreisen sie den Kern des Problems, vielleicht um herauszufinden, warum sie bestimmten Sätzen zu sehr vertrauten. Ein Satz ist verführerischer als ein Gefühl. Magischer als ein Gedanke. In die glitzernden Wellen einer Beschreibung gebracht, werfen Sätze einen Zauber über die Dinge. Ich soll die Geschichte erzählen, die jeder von uns in der Tiefe einer mysteriösen Vergangenheit selbst erlebt hat – wie man einen Stein umdreht, ihn aus seinem Bett löst, um zu sehen, was drunter ist.

Viktorija Tokarjewa im Diogenes Verlag

Zickzack der Liebe

Erzählungen. Aus dem Russischen
von Monika Tantzscher

Die Menschen der Viktorija Tokarjewa rebellieren gegen ein Leben, das mit der Regelmäßigkeit eines Uhrwerks abläuft und keinen Raum für spontanes Glück läßt. Sie träumen von leidenschaftlicher Liebe – zu deren Unbedingtheit sie sich dann doch nicht entscheiden können. Ironisch und mit Herzblut erzählt eine selbstbewußte Autorin von den Partnerschaftsnöten emanzipierter sowjetischer Frauen.

»Viktorija Tokarjewa schreibt keine tendenziöse Frauenprosa; die Frauen kommen nicht besser weg als die Männer, mögen sie auch völlig anders sein. Mit kinematographisch geschultem Blick beobachtet sie – Absolventin des Leningrader Filminstituts und Verfasserin zahlreicher Drehbücher – Menschen in ihrem privaten und beruflichen Alltag, sensibel und doch auf Distanz, wie ihr Vorbild Čechov.« *NZZ*

Mara

Erzählung. Deutsch von
Angelika Schneider

Die ehrgeizige Mara hat nur zwei Ziele: Macht und Geld. Da sie beides mangels Ausbildung auf direktem Wege nicht erreichen kann, geht sie den Umweg über Männer. In *Mara* entwirft die Autorin das psychologisch feinfühlig gezeichnete tragikomische Bild einer modernen russischen ›femme fatale‹.

»Ihre Erzählungen führen sehr direkt an das Wesen der Menschen heran. Was sie sagt, sagt sie in äußerst gedrängter Form. Eine ›Vaterschaft‹ Čechovs scheint vor allem im Umgang mit der Sprache, in der Beobachtungsgabe und im manchmal fast melancholischen Humor durchzuschlagen. Und obwohl Viktorija Tokarjewa in der Sowjetära lebt, sind ihre Figuren zeitlos, sieht man von den wenigen Tönen des Zeitkolorits ab. Wieviel klingt da mit.« *Neue Zürcher Zeitung*

Happy-End

Erzählung. Deutsch von Angelika Schneider

Aus purem Trotz heiratet Elja viel zu früh den sie naiv vergötternden Tolik und zieht mit ihm zu seinen Eltern in ein russisches Provinznest. Als sie an der Langeweile des Kleinstadtlebens zu ersticken droht, verliebt sich Elja in den Schauspieler Igor, der so wunderschön Lermontow rezitiert. Sie zieht mit ihm nach Moskau. Aber Igor ist Alkoholiker und hat seit Jahren keine guten Rollen mehr gespielt…

»Die große Kunst der Viktorija Tokarjewa besteht im äußerst sparsamen Gebrauch der erzählerischen Mittel. Überflüssige Details zu vermeiden und auf kürzestem Weg ins Herz der Dinge und der Menschen vorzudringen ist die Maxime der Autorin. Ihre Erzählungen sind von geradezu elementarer Wucht. Sie ist eine Meisterin.« *Frankfurter Allgemeine Zeitung*

»Vor allem aber liegt der Zauber von Viktorija Tokarjewas Schreibweise in einem Čechovschen Humor, der das schwere Leben leichter macht, dazu in gelegentlichen Ausflügen ins Träumerisch-Phantastisch-Absurde, im Witz der Formulierung, der den Geist vom Druck der Verhältnisse befreit.«
Deutsche Welle, Köln

Lebenskünstler

und andere Erzählungen. Deutsch von Ingrid Gloede

»Viktorija Tokarjewas Geschichten sind seit jeher von großer Anmut, allesamt Kunst-Stückchen, die einem die Vorstellung von Leichthändigkeit suggerieren.

Nicht jedoch von Leichtgewichtigkeit. Wenn sie uns ein Schmunzeln entlocken, dann liegt das daran, daß die Tokarjewa über einen ausgeprägten Humor verfügt und diese Gabe durchweg einsetzt. Es ist kein Humor der satirischen Art, eher eine sanfte Ironie, gewürzt mit einer Prise Traurigkeit und einem vollen Maß an mitmenschlichem Erbarmen.« *FAZ*

»Viktorija Tokarjewa psychologisiert nicht. Sie erzählt. In einem Ton und mit einer Sicherheit, die nicht den geringsten Zweifel zuläßt, daß hier eine großartige Autorin zu entdecken ist.« *NDR, Hamburg*

»Sie erzählt von Menschen – erstaunlich emanzipierten Frauen –, die einem Ideal nachjagen, dauernd im Aufbruch begriffen sind und doch an den realen Bedingungen klebenbleiben wie an Leimruten.«
Die Weltwoche, Zürich

Sag ich's oder sag ich's nicht?

und andere Erzählungen. Deutsch von Ingrid Gloede, Angelika Schneider und Monika Tantzscher

Sag ich's oder sag ich's nicht? lautet die bange Frage, die sich durch das Leben einer jungen Frau zieht wie ein roter Faden. Als reife Frau hält sie Rückschau auf alle Gelegenheiten, die sie durch ihr langes Abwägen verpaßt hat. Als sich eine letzte Gelegenheit bietet, wagt sie schließlich den Sprung ins Ungewisse.

»Viktorija Tokarjewas Erzählungen sind durchdrungen von trockenem Witz und warmem Humor, distanziert und engagiert zugleich.«
Süddeutsche Zeitung, München

Susanna Tamaro
Love

Fünf Erzählungen
Aus dem Italienischen von Maja Pflug

Ein Buch über die Liebe – und über den Mangel daran. Lieblosigkeit und Leid, ja Gewalt spürt die Autorin dort auf, wo man im allgemeinen nur von Zuneigung spricht, etwa in den Gefühlen der Eltern für ihr Kind. Einzigartig schlicht und direkt bringt sie Wahrheiten über den Umgang von Menschen mit Menschen ans Licht, über die nur zu gerne geschwiegen wird.

»Susanna Tamaro hat keinen ausgeprägt feministischen Tonfall in die italienische Literatur eingebracht, aber doch einen ausgeprägt weiblichen, der die traditionellen Geschlechtsbotschaften verkündet: das Opfer, die Ohnmacht, die Schwäche. Sie verkörpern sich in Figuren, die sehr gut von innen heraus beschrieben sind. Tamaro baut sie in sehr geschickten Spannungsbögen auf, sie steigert das Schmerzliche meist ins Unerträgliche.«
Süddeutsche Zeitung, München

»Der Triesterin Susanna Tamaro ist genau das gelungen, was Hunderte erfolglos versuchen, nämlich ein Buch über die Trauer zu schreiben, das ohne Klischees auskommt und auf Anklage sowie wehleidige Selbstbespiegelung verzichtet.« *Tages-Anzeiger, Zürich*

»Susanna Tamaros Kurzgeschichten gehen unter die Haut. Sie führt Buch über Kindsmißhandlung, Quälereien und zerbrochene Hoffnungen, in einer scheinbar unbetroffen-naiven Sprache, die den Aufprall der kindlichen Vorstellungen mit einer monströsen Erwachsenenwelt um so sichtbarer macht.« *Annabelle, Zürich*